Auf einer Mülldeponie in Río Azul am Rande der Hauptstadt Costa Ricas lagert das schlechte Gewissen der Stadt. Mit der Zeit hat sich der Ort in ein albtraumhaftes Müllmeer verwandelt, an dessen Küste alles Mögliche angespült wird: Schulbücher, ungeliebte Weihnachtsgeschenke, nutzloser Tand, alte Männer, Pärchen, Mütter und Söhne. Die Gestrandeten, von der Gesellschaft Ausgestoßenen finden im *precario*, der informellen Siedlung auf der Müllhalde, ein neues Zuhause. Mit forschendem Blick und viel Fingerspitzengefühl durchwühlen sie den Müll, der aus den reichen und armen Stadtvierteln Tag für Tag angeschwemmt wird, und entdecken dabei manchmal ein kleines persönliches Glück.

Fernando Contreras Castro gibt den sogenannten »Tauchern« in diesem Buch ein Gesicht, indem er ihr karges Leben, ihre Solidargemeinschaft und ihr politisches Aufbegehren inmitten des Gestanks und der Fliegenschwärme in wunderbar poetischer Sprache einfängt.

Fernando Contreras Castro

Única blickt aufs Meer

Roman

Aus dem costa-ricanischen Spanisch
von Birgit Weilguny

MaroVerlag

Hinweise zur Übersetzung:
Einige Charaktere im Roman haben sprechende Namen.
Única hieße übersetzt die »Einzigartige«, *El Bacán* »der Großartige«, *Los Novios* »das junge Paar« bzw. *La Novia* und *El Novio* »der feste Freund« und »die feste Freundin« und der Spitzname *Oso Carmuco* in etwa »Carmenbärchen«.
Zudem bezieht sich der Name *La Llorona* – »Die Weinende« – auf eine bekannte lateinamerikanische Legende: Ein reicher Mann verführte einst ein Bauernmädchen. Sie bekam ein Kind, das sie jedoch aus Verzweiflung und Angst vor ihrer Familie eigenhändig in einem Fluss ertränkte. Seither irrt ihr weinender Geist nachts auf der Suche nach dem Kind umher, dem Wahnsinn nahe.
Der fiktive Präsidentenname *Caldegueres* ist eine Zusammenführung der Namen zweier ehemaliger costa-ricanischer Präsidentendynastien, die antagonistischen Parteien angehörten: den Calderóns (Partido Unidad Social Cristiana) und den Figueres (Partido Liberación Nacional), von denen in beiden Fällen Väter und Söhne Präsidenten wurden.

*Für meine Großeltern
Rafael Castro Piepper und
Amparo Villegas de Castro,
in memoriam.*

… Celso Coropa fing einen Sonnenstrahl
mit der hohlen Hand auf und seufzte:
»Manchmal gefällt mir das Leben nicht! …«
Vor ihm lag so etwas wie eine Tortur
aus Wurzelwerk und Lianen.
»Und manchmal schon«, fügte er hinzu.
Mitten in der Tortur aus Wurzelwerk und Lianen
blühte eine Blume.

Carlos Salazar Herrera

Viel eher aus alter Gewohnheit denn aufgrund eines weltenordnenden Prinzips ging die Sonne auf und hielt am Hügelkamm kurz inne, als würde sie erst im letzten Moment beschließen, noch einen weiteren Tag zu leuchten, statt sich in den Abgrund der vergangenen Nacht zu stürzen.

Da es im Westen nichts Neues gab, gähnten die Fliegen und die Geier schüttelten sich Reste vom frühen Morgen aus den Federn.

Inmitten des hartnäckigen Nieselregens und der giftigen Dämpfe jenes Meeres, das keine Vergangenheit hatte, zogen die Frühaufsteher unter den Tauchern Bilanz über die aus der Tiefe geborgene Fracht. Noch bevor die Taucher von der Tagschicht ebenfalls mit ihren Kraulbewegungen beginnen würden, suchten sie flink ihre Beute zusammen, Essbares und Handelsgüter; in letztere Kategorie fielen Aluminiumdosen, Glasflaschen, jede Art von Papier und verschiedene andere Metalle, für die man von den Gießereien ein winziges bisschen mehr bekam.

Die Taucher, die bei Tag arbeiteten, reckten und streckten sich und öffneten die Türen ihrer notdürftig zusammengezimmerten Behausungen an den Stränden jenes Meeres der Plastikfische.

Alle, die von weiter herkamen, kletterten ein weiteres Mal den Abhang aus versteinertem Lehm hinauf, um zu dem Ort zu gelangen, an dem das schlechte Gewissen der Stadt lagerte.

Gegen sechs Uhr morgens erwachten auch zwei riesige Traktoren, von Hunger getrieben. Ihre weit aufgerissenen Tyrannosaurus-Mäuler konnten die vielen Tonnen Abfall kaum erwarten, die ihnen die Stadt Tag für Tag schickte. Die Fahrer frühstückten auf eine so geduldige Art und Weise, wie man sie sich nur durch Routine aneignen kann, ihre üblichen Milchbrötchen mit Kaffee, bevor sie die Maschinen bestiegen und in Präzisionsarbeit – wie bei einer künstlichen Ebbe und Flut – den beständig zuströmenden Müll, der ohne Unterlass mit den Müllwagen aus der Stadt kam, erst auftürmten, dann durchpflügten und von einem Ort zum nächsten verschoben.

Um acht Uhr beleuchtete die Sonne bereits schwach die sterblichen Überreste eines im Dauerregen ersoffenen Oktobers.

Von fern wirkte der Hügel, der die Müllhalde als Tagebau in seinen aufgerissenen Eingeweiden trug, wie ein Ameisenhaufen, auf dem es von Frauen unbestimmbaren Alters wimmelte, von Männern und Kindern, die gar kein Alter besaßen, von Ratten und Mäusen, Hunden und Geiern und hunderttausenden Insekten, allesamt ununterscheidbar beim Durchwühlen dessen, was die Stadt für unbrauchbar befunden hatte, auf der Suche nach etwas, das der Zufall weggeworfen hatte; dies alles im Auf und Ab des Abfalls, im Wellenschlag der Traktoren.

Kein Mitglied der über zweihundert Familien, die zu der Zeit auf der Müllhalde in Río Azul ihr tägliches Leben bestritten, wusste zu sagen, ob es an diesem Ort einmal einen Fluss gegeben hatte; und erst recht nicht, ob dieser Fluss, wenn er denn je hier durchgeflossen war, blau gewesen war. Jetzt gab es aber ohnehin nur noch das Meer mit seinen Gezeiten, ausgelöst von den beiden Traktoren, die von Sonnenauf- bis Sonnenuntergang tonnenweise den Abfall aufstapelten, den ihnen die Stadt in immer großzügigeren Mengen zukommen ließ.

Am Fuß des Hügels versuchten die angrenzenden Viertel vergebens, sich durch einen Eisenzaun gegen die Müllhalde abzuschirmen.

Die Zufahrt war durch ein breites Tor gesichert. Den Zugang kontrollierte ein Mann in einem Wachhäuschen, der sich die Genehmigungen der Fahrer ansah, bevor er sie mit ihrer unangenehmen Fracht hereinließ.

Auch die Schule des Viertels lag direkt am Zaun.

Ein fauliger Geruch erfüllte die fettige Luft, die man rund um Río Azul atmete: Der Gestank einer Suppe, gekocht aus all den gereiften Tonnen zerdrückten Abfalls, deren Brühe sich wie ein giftiger Fluss in jeden Riss des schwärenden Leibs der Erde ergoss.

Jener tödliche Fluss musste, wie alle Flüsse, anfangs ein Bach gewesen, dann angeschwollen und schließlich ins Meer geflossen sein. Doch in diesem Fall entsprang, verlief und vollendete er sein Dasein am selben Ort und sickerte als Leichnam in die wasserführenden Bodenschichten.

Die Taucher an der Oberfläche hatten keine Vorstellung von der bösartig wuchernden Geschwulst unter ihnen. Lange Jahre waren sie auf jenem Treibsand umhergeklettert und hatten sich schon an den Abfallteppich gewöhnt, der sich erbarmungslos ausbreitete und alles unter sich begrub.

Tag für Tag versammelten sich die Taucher zu den unmöglichsten Stunden, um den Müll zu durchsuchen, so wie immer, so wie früher, als dieser noch auf Pritschenwagen und in riesigen Fässern angeliefert wurde; so wie dann auch später, als er anfing, erster Klasse zu reisen, in speziellen Müllwagen, deren Bäuche sich öffneten und mithilfe ihrer komplexen Hydraulik alle Müllsäcke zermalmten.

Die Taucher vermissten die althergebrachten, kaum noch üblichen Transporte schmerzlich, weil bei den Pritschenwagen die

Sachen pfleglicher behandelt und weder die Flaschen zerbrochen noch die Geräte zerstört wurden, die der Zufall und nicht der Vorsatz der Leute weggeworfen hatte und die unterschiedslos im Abfall gelandet waren.

In den Anfangsjahren der Müllhalde hatte der Abfall vorwiegend aus Biomüll bestanden. Es landeten Essensreste und Gemüseschalen dort. Der Rest war etwa zu gleichen Teilen Glas, Aluminium und das Holz ausgedienter Möbel, die auf der Müllhalde wieder hochgeschätzt wurden und zur Ausstattung der Behausungen oder als Feuerholz dienten.

Die Aluminiumdosen und Glasflaschen wurden verkauft. Wenn eine Dose aus Zink dabei war, verstärkte man mit ihr, selbst wenn sie rostig war, irgendeine Wand oder einen Teil des Daches. Natürlich rechnete niemand damit, dass eine solche Dose in gutem Zustand weggeworfen werden würde.

Mithilfe derartiger Materialien aus zweiter, dritter oder x-ter Hand hatte sich Única Oconitrillo ihren Sinn im Leben neu zusammengezimmert. Sie hatte immer geschworen, dass man sie aus dem Klassenzimmer direkt auf den Friedhof tragen würde. Auf der Müllhalde angekommen lernte sie, nichts mehr zu schwören.

Mehrere Gründungsmitglieder der Gemeinschaft der Taucher hießen die Lehrerin willkommen und halfen beim Errichten ihrer Behausung, teils sogar mit großzügig gespendeten Versatzstücken aus angrenzenden Behausungen. Única, eine unverbesserliche Optimistin, fühlte sich glücklich und sicher in ihrem neuen Zuhause.

»Hier gibt es zwar nichts, aber es lässt sich alles finden.«

»Es könnte schlimmer sein.«

»Seien Sie ganz ruhig, Doña Única!«

»Ich bin ja ganz ruhig.«

»Doña Única, die erste Nacht ist immer die schlimmste. Wenn Sie irgendetwas brauchen, melden Sie sich bei uns!«

»Danke!«

»Es gibt überall gute Menschen«, dachte Única Oconitrillo an diesem ersten Abend, als sie zwar unter der geliehenen Decke, aber auf ihren eigenen Kartons lag. Sie fühlte sich nicht allein und schlief ein. Zweieinhalb Stunden später wachte sie auf, rollte einen Zipfel der Decke zusammen, biss fest hinein und weinte bis zum Morgengrauen.

Beim ersten Tageslicht suchte die neu angekommene Única Oconitrillo nach Wasser, um sich Gesicht und Hände zu waschen. Beim ersten Tageslicht lernte die Neuangekommene auch gleich, dass sie dafür, einen Eimer in der Hand, den Hang hinuntersteigen, dort jemanden aus der Nachbarschaft um Wasser bitten und es dann zu ihrer Behausung schleppen musste.

Was ihr niemand sagte war, dass es immer schwieriger wurde, jemanden aus der Nachbarschaft zu überzeugen, den Tauchern Wasser zu geben. Fragen mussten sie, weil keine Leitung auf den Hügel führte, schließlich war dieser Ort nie dafür bestimmt gewesen, von Menschen bewohnt zu werden.

Schon bald nachdem die ersten Leute auf die Hügelkuppe der Müllhalde gezogen waren, ahnten ihre Nachbarn nämlich, zu welchem Problem sie sich mit der Zeit auswachsen würden, weshalb sie beschlossen, ihnen die humanitäre Hilfe zu kürzen, um sie davon zu überzeugen, abends wegzugehen und erst morgens wieder zur Müllhalde zu kommen, so wie man sich das bei einem normalen Arbeitstag vorstellte.

»Ja, aber es gibt überall gute Menschen«, dachte Única noch einmal, als sie wieder oben war, mit sauberem Gesicht und einem vollen Eimer.

Zu Única Oconitrillos spärlichen Habseligkeiten zählte ihre Schürze. Die legte sie sich um, atmete tief durch und ging los, um sich zu den anderen zu gesellen, die schon seit einer Stunde tauchten. Am späten Vormittag hatte sie bereits zwei Einkaufstüten voll.

»Davon ist nichts brauchbar, Doña Única. Sie müssen entweder was zum Essen oder was zum Verkaufen suchen.«

Da verdorrte ihr der Mut, da fiel ihre vorletzte unschuldige Naivität von ihr ab und zerschellte auf dem Boden, als sie begriff, dass »von Müll leben« keine Metapher war, sondern erbarmungslose Realität.

»Weinen Sie doch nicht, Mädchen! Am Anfang fällt es jedem schwer, aber dann gewöhnt man sich daran.«

»Aber findet ihr das nicht eklig?«

»Eklig ist nur, nichts zum Essen zu haben.«

Da keimte neuer Mut in ihr auf: Única blickte in jedes einzelne Gesicht: Sie sah Don Conce und Don Retana, die schon so alt waren und so unerschütterlich am Leben hingen, obwohl sie ihr Brot den Baggerschaufeln entreißen mussten. Ihr Blick wanderte von Gesicht zu Gesicht weiter, wie ein Schmetterling von einer ausgetrockneten Blüte zur nächsten, und in jedem Gesicht sah sie Zustimmung. Am Ende der Reihe war Única Oconitrillo davon überzeugt, dass man ihr eine neue Wahrheit eröffnet hatte: »Eklig ist nur, nichts zum Essen zu haben.« Nie wieder verzog sie bei ihrem täglichen Brot das Gesicht, auch wenn sie tief im Herzen weiterhin das Gefühl hatte, dass eine Müllhalde kein geeigneter Ort für Menschen war. Fast hätte sie es laut ausgesprochen, konnte in jenem Augenblick diese Gewissheit aber nicht in Worte fassen, die sie in ihrer Brust spüren würde, solange sie eine Brust hätte.

Gegen Abend rief Única ihre Nachbarn zusammen, sprach mit ihnen über Nächstenliebe und rief den Brauch ins Leben, gemeinsam zu Abend zu essen, unter der Bedingung, dass jeder etwas zu dem Mahl beitrug.

»Sie ist eine Lehrerin …«

»Vielleicht hat sie recht.«

Der Slum war damals ein neues »Stadtviertel«. Die Gemeinschaft der Taucher bestand aus eingewanderten Bauern und anderen Besitzlosen, die der Müllhalde von zwei früheren Standorten treu hierher gefolgt waren, nachdem es den jeweiligen Nachbarn, wenn man der Legende glaubte, einmal nach fünf, einmal nach sieben Jahren des Erduldens gelungen war, diese loszuwerden. Nur Río Azul sollte als Quartier dessen, was nirgendwo sonst auf der Welt einen Platz hatte, ein langes Leben beschieden sein.

Don Retana, der in der am weitesten entfernten Behausung wohnte, war ein Seemann im Ruhestand, ein alter, aber noch kräftiger Mann, der an allen Gebrechen litt, die typisch waren, wenn man sein Leben an Bord eines Schiffes verbracht hatte, am meisten jedoch litt er an der Sehnsucht nach dem Meer. Der Alte redete ständig, notfalls auch mit sich selbst. Wenn er neben den Jüngeren tauchte, nutzte er stets die Gelegenheit, um ihnen endlose Geschichten zu erzählen.

»Oft ist er wie weggetreten, steht mit offenem Mund da und schaut blöd, und manchmal spricht er Englisch, er hat das von Seeleuten aus fremden Ländern gelernt, das sagt er jedenfalls.«

Don Conce war ein klappriger Greis aus den Bananenanbaugebieten.

»Er ist schon kaputt hier angekommen. Gleich nachdem er seine Arbeit verloren hatte, weil er alt war.«

»Angeblich hat er bei seiner Ankunft keinen von seinen Verwandten finden können, die mal in der Stadt gelebt haben.«

»Seine Knochen sind kaputt. Manchmal muss man ihm helfen, wenn er stürzt und nicht mehr aufstehen kann.«

Von all diesen Seelen, einem bunt gemischten Haufen, lernte Única, das Essbare und das Wiederverwertbare zu unterscheiden, und fügte noch ein paar Kategorien hinzu, die den anderen

Tauchern nicht wichtig waren: eine für Seifenreste, um ihr Geschirr zu waschen, sowie eine für Zahnbürsten, die für alle gedacht waren, die aber niemand außer ihr benutzen wollte; eine für Parfümflakons, mit denen sie sich am Sonntag beduftete, um dann den Hügel hinabzusteigen und die Messe zu hören; und eine für Kämme und Haarschmuck oder ähnlichen Tand, mit dem sie das klapprige Gerüst ihrer Träume notdürftig abstützen konnte, wenn sie das Gefühl bekam, dass es in sich zusammenstürzte.

Am ersten Sonntag des fünften Monats auf der Müllhalde verlor Única schließlich ihre letzte unschuldige Naivität, als der Pfarrer sie nicht in die Kirche ließ und sie stattdessen bat, erst dann wieder zur Messe zu kommen, wenn sie eine Arbeit gefunden hätte und das Haus Gottes anständig betreten könne, andernfalls würde sogar die Bank anfangen zu stinken, auf die sie sich setzte.

»Gott liebt alle seine Geschöpfe.«

»Gott herrscht im Himmel, aber hier herrsche ich, und ich mag es nicht, wenn meine Kirche voller Obdachloser ist.«

»So ein Arsch!«, murmelte Don Conce, aber Única bat ihn, keine Schimpfwörter zu benutzen.

Sonntags kamen keine Müllwagen, um das tägliche Brot abzuliefern. Dieser Tag war auch ein obligatorischer Ruhetag für die Traktoren, da sich ihre Fahrer bis zum Montag nicht blicken ließen.

Jener Sonntag war, soweit Única sich erinnerte, der erste in ihrem Leben, an dem sie nicht die Frühmesse um sieben Uhr besuchte. Den ganzen Vormittag über lastete wie ein böser Fluch das Gefühl auf ihr, sich gegen den Pfarrer versündigt zu haben, aber wie oft sie das Geschehene auch im Geist Revue passieren ließ, sie fand keinen Grund, der diese Behandlung rechtfertigte.

»Als wäre ich Abfall!«, sagte sie laut. Und als sie sich so laut protestieren hörte, kam ihr eine erschreckende Erkenntnis:

»Aber natürlich, für sie sind wir Abfall!« Die Demütigung

schoss ihr wie Meerwasser in die Augen, salzige, beißende Tränen, die sie dazu zwangen, ihr Gesicht in den Wassereimer zu tauchen, und sie ertränkte sich nur nicht darin, weil sie sich bereits dazu entschlossen hatte, zu leben.

»So ein Arsch!«

Da hatte sie das erste Schimpfwort ihres Lebens ausgesprochen, und sie fand einzig Trost in der Überzeugung, dass, was immer dieser gewissenlose Mann auch sagte, weder er noch irgendjemand sonst sie je davon überzeugen würde, dass Gott auf sie herabschaute, nur weil das Leben sie auf diesem Hügel gemeinsam mit dem übrigen Müll ins Abseits gestellt hatte.

Sie ging nie mehr zur Kirche, aber als sie zwischen Modeschmuck, der in ein zusammengeknotetes Tuch eingewickelt war, den ungewöhnlichen Fund eines Rosenkranzes aus Plastikperlen machte, nahm sie ihn an wie ein Wunder, das ihr in ihrer festen Überzeugung den Rücken stärken sollte. Von nun an leitete Única in der Karwoche das freitägliche Rosenkranzgebet für die ansässigen Taucher an, und zwar bis zu dem Tag, an dem der junge Carmen mit der Nachricht kam, jetzt Priester geworden zu sein. Sie waren alle erstaunt, ihn in eine purpurne Soutane gekleidet zu sehen, die er über seine Lumpen gestreift hatte.

»Die habe ich im ersten Müllsack gefunden, den ich aufgemacht habe.«

Er hieß Carmen, aber da er ging wie ein Bär, wurde er von allen Oso Carmuco genannt; er musste damals um die zwanzig gewesen sein, und mit seinem spitzen Gesicht fiel es ihm leicht, für die anderen den Mystiker zu mimen, die gar nicht schwer zu überzeugen waren, wohl auch, weil sie keine Zeit hatten, sich mit ihm hinzusetzen und lang und breit über den Grund seiner Bekehrung zu diskutieren. Nachdem sie schallend gelacht hatten, schienen alle die Idee gut zu finden ...

»Ein Pfarrer, das hat uns auf der Müllhalde noch gefehlt!«

»Gut, dass er einer von uns ist, da fasst man leichter Vertrauen.«

»Und weil wir dieselbe Arbeit haben, wird er uns nicht mit solchem Blödsinn kommen und sagen, dass wir stinken.«

»Gott weiß schon, was er tut«, sagte Única und legte dem jungen Mann den Rosenkranz in die Hand. Später, in den Verschnaufpausen, würde sie ihm Schritt für Schritt erklären, was man bei jeder Perle sagen musste.

Oso Carmuco konnte sich die ganze Sache zunächst ums Verrecken nicht merken, die fünf Mysterien, die fünfzig Ave-Marias, immer mit einem Vaterunser davor, und ganz am Ende noch einem, dann die drei Ave-Marias und das Salve Regina, worauf die Litaneien zu folgen hatten; eine besondere Herausforderung, weil es für sie keine Perlen am Rosenkranz gab und sie so verwirrend waren, dass sich damit sein Priesteramt beinahe vorzeitig erledigt hätte, insbesondere weil Única ihn zwang, bis zur völligen Erschöpfung noch unzählige andere Gebete aufzusagen, die er allesamt miteinander verwechselte und später durcheinander wiedergab, wovon zum Glück, außer ein paar älteren Señoras, die ein Auge zudrückten, niemand etwas bemerkte.

»Die Heilige Messe von Oso Carmuco dürft ihr euch nicht entgehen lassen. Zum Totlachen!«

»Wer lacht, wird aber sofort von Doña Única ermahnt!«

»Ach, da muss man eben weghören.«

Sie einigten sich darauf, dass Oso Carmuco unter der Woche wie eh und je Taucher wäre; am Sonntag aber sollte er, mit der Soutane bekleidet und dem Rosenkranz in der Hand, der Pfarrer der Müllhalde sein. Ihm kam diese Vereinbarung gerade recht, weil er nicht darauf verzichten wollte, es mit seinen Freunden krachen zu lassen oder gewissen Stadtvierteln, die einen zweifelhaften Ruf genossen, nächtliche Besuche abzustatten.

»Solange du so was nur tust, wenn du nicht in Amt und Würden bist, macht es nichts.«

»So sind die Männer eben, was soll's!«

———— ★ ————

Nicht weit entfernt von den Tauchgründen saß wartend El Bacán, fünf, vielleicht sechs Jahre alt, auf einem Herd mit vier Feuerstellen, der vor einer Ewigkeit hier gestrandet war, wie die sedimentären Anhaftungen an seinem Bug erkennen ließen. Es war der Lieblingsplatz des Jungen, weil er von dieser privilegierten Position aus alles ringsum überblickte. Von hier aus überwachte er das geschäftige Treiben der Taucher, die Ankunft und Abfahrt der Müllwagen, den Flug der Geier, die Fliegenschwaden und das Meer aus Müll. Hier saß er und spielte mit dem, was er fand; meistens mit weggeworfenen Spielsachen, die die Erwachsenen für ihn vor den Mäulern der Traktoren gerettet hatten.

Da blitzte in der Schwärze des Mülls etwas auf. El Bacán stieg vom Herd und bewegte sich ein wenig in den Müll hinein. Doch das Funkeln ging in tausenden flüchtigen Lichtblitzen unter, sodass der Junge dazu gezwungen war, wieder einige Schritte zurückzugehen und mit der Suche von vorn zu beginnen. Das Gefunkel und seine Neugier führten ihn zu einem Gegenstand, der halb im Müll vergraben war. Er griff nach ihm, wo er ihn zu fassen kriegte, und zog kräftig. Ein rundes Ding kam zum Vorschein, das wie ein goldener Apfel aussah, nachdem er es mit seinem Hemd sauber gerieben hatte. Es war tatsächlich ein goldener Apfel mit einer Gravur, die er schließlich mühevoll entzifferte: »Füüür ddiie Aallerschööönsste ...« – »Für die Allerschönste.«

El Bacán versteckte den Apfel unter seinem T-Shirt und kehrte zu seinem Platz zurück. Gemütlich sitzend verbrachte er ein paar

Stunden damit, den geheimnisvollen Satz laut vor sich hin zu sagen, bevor er den Versuch aufgab, ihn zu verstehen. Ein wenig überdrüssig erhob er sich, auf seinen dünnen Beinen das Gleichgewicht suchend, hielt sich fest, so gut er konnte, und schleuderte den Apfel in die Richtung, aus der er ihn geholt hatte. Wie von einem Gähnen der Erde nach unten gesaugt, verschwand das goldene Ding für alle Ewigkeit, mitsamt seiner nicht erfüllten Bestimmung.

Única hatte das Geschehen aus der Ferne beobachtet. Mit erschrockenem Gesicht verließ sie ihre Tauchzone, um zu der Stelle zu laufen, wo der goldene Gegenstand vermeintlich niedergegangen war, aber auch mit größter Mühe und trotz ihrer Erfahrung im Tieftauchen gelang es ihr nicht, das Objekt zu bergen. Sie drehte sich zu dem Jungen um und zog dabei die Augenbrauen hoch und die Mundwinkel nach unten, so als wollte sich ihr Gesicht wegen dieses belanglosen Vorfalls zu einem Bogen der verlorenen Hoffnung verziehen: »Kleiner El Bacán, was war das denn?« Auch El Bacán zog so ein Gesicht und zuckte mit den Achseln, und ihr wurde klar, dass sie nie erfahren würde, was das für ein Objekt gewesen war, das der dumme Junge so gering geschätzt hatte – selbst wenn sie die Zeit an ihren langen Haaren packen und zurückdrehen könnte.

Wie vieles andere von unschätzbarem Wert hatte Única fast vier Jahre davor auch den Jungen im Müll gefunden. Der Kleine war in sein Spiel vertieft gewesen, als würde es ihm nichts ausmachen, allein zu sein. Sie hatte ihm etwas zugerufen und die Arme ausgebreitet. Die folgende Umarmung hatte den Bund zwischen ihnen besiegelt. Nachdem sie ihn ein paar Wochen gelöchert hatte, nahm sie an, dass der Junge so allein auf der Welt war wie sie, und dann gab es keinen Zweifel mehr; von da an war El Bacán ihr Sohn und sie seine Mutter.

Ein Kind auf der Müllhalde in Río Azul aufzuziehen, war schwierig. Aber noch schwieriger wäre es gewesen, wenn Única Oconitrillo die zwanzig Jahre, die sie schon im Müll tauchte, ohne diesen Kleinen hätte ertragen müssen, den sie im Abfall gefunden hatte und der zu der Zeit immer nur ein Wort wiederholte, das einzige, das er konnte und nach dem er auch benannt war: »Bacán« – »Großartig«.

Auch Lehrmaterialien landeten auf der Müllhalde: Bücher und Zeitschriften, mit denen sie El Bacán das Lesen beibrachte. Er wurde als einziges Kind von Única unterrichtet, und das, obwohl ihn alle dafür auslachten, weil sie sich nicht vorstellen konnten, dass einem das Lesen irgendetwas nutzte. Única beharrte jedoch darauf und begründete das mit den Argumenten einer gestandenen Lehrerin: »In Costa Rica ist die Schule kostenlos und es gilt die Schulpflicht, daran muss man sich halten ...« Die Mitglieder der Tauchergemeinschaft waren die Spinnereien der guten Frau längst gewohnt.

Bis er sechs oder sieben war, das genaue Alter des Jungen würde man wohl nie in Erfahrung bringen, hatte sie ihm schon ein wenig Lesen beigebracht; wie man es von einer Frau erwartete, die in ihren besten Jahren Lehrerin gewesen war, na gut, Hilfslehrerin, ohne Titel oder Ausbildung, eine derjenigen, die das Bildungsministerium einmal bei Lehrermangel rekrutiert hatte, aber dennoch war Doña Única Oconitrillo dieser Arbeit von ihrem siebzehnten bis beinahe zu ihrem dreißigsten Lebensjahr mit Hingabe nachgegangen, als schließlich der Mangel an ausgebildeten Lehrkräften behoben war und sie entlassen wurde. Dies fiel, denn »ein Unglück kommt selten allein«, wie sie immer sagte, mit dem Tod ihrer Mutter zusammen, und fortan gehörte sie zu jenen Menschen, die menschlicher Abfall waren.

Dies alles war, »zu allem Überfluss«, wie sie es ausdrückte, »im Oktober, mitten in der Zeit der Wirbelstürme« geschehen, weshalb sie nun ihre Lebensjahre von Oktober bis Oktober zählte, sozusagen von einem Nichts, vor dem sie stand, zum nächsten, und doch hielt sich ihr starrköpfiger Glaube, dass diese Situation nicht ewig so bleiben würde und dass es selbst Abhilfe für die Dinge gab, für die es keine zu geben schien, wenn man gute Miene dazu machte.

Nun war El Bacán schon um die fünfundzwanzig, ein Jahr mehr oder weniger, und Única ein bisschen über fünfzig, ein bisschen nicht deshalb, weil sie ihr Alter nicht verriet, sondern weil sie ein wenig den Überblick verloren hatte. Zwanzig Jahre hatte sie den Jungen heranwachsen sehen, hatten sie gemeinsam auch die Müllhalde unaufhaltsam wachsen sehen, und auf der Müllhalde den Slum, in den ständig neue Menschen kamen, um mit den ausgedienten Materialien, die es hierher verschlug, immer neue Behausungen in diesem »Stadtviertel« zu errichten, das Única mit ihrem ansteckenden Optimismus »Rosenviertel« getauft hatte, benannt nach einem weißen Rosenstock, den sie bei ihrer Ankunft gepflanzt hatte; ein Name, der nicht einmal anfangs passte, als noch nicht tonnenweise Müll hier landete, als noch frische Luft wehte und der Boden noch nicht von der tödlichen Abfallbrühe vergiftet war.

Von dem weißen Rosenstock war nur noch die schöne Erinnerung an etwas übrig, das nicht hatte sein sollen, von der frischen Luft nicht einmal eine schöne Erinnerung und vom lebendigen Erdboden nur noch eine im Sommer brettharte und in der Regenzeit rutschige Kruste.

In zwanzig Jahren war der Hügel unwiderruflich zur Müllhalde geworden. Die Verwaltung hatte in dem Maß, in dem der Platzbedarf stieg, immer mehr Bäume fällen lassen, bis vom Hügel lediglich ein unwirtlicher Stumpf übrig war, von dem die Vögel flohen. In zwanzig Jahren musste das Stadtviertel Río Azul erleben, wie es nach und nach auf einen wichtigen Transportweg für die

Müllwagen reduziert wurde und alles, Häuser, Kirche und Schule, die Farbe des Staubs annahm, der vom Kamm des Abfallhügels herunterwirbelte.

Von den guten Nachbarn der Anfangszeit lebten nur noch wenige. Ansonsten fand man auf der Müllhalde nun auch weniger gute Leute, die mal freundlich, mal aggressiv waren, je nachdem, ob sie gerade etwas im Magen hatten. Única sagte: »Wieso sollten sie sich auch anders verhalten!«

——— * ———

Das Licht eines Mittags von vielen drang durch die ausgedünnten Wimpern eines alten Mannes. Im hellen Licht, noch benommen von seinem Albtraum, bemühte sich der Alte, seine Aufmerksamkeit auf etwas zu richten, das sich vor ihm bewegte. Nach einer halben Ewigkeit gelang es ihm endlich, zu fokussieren, und er erkannte eine Frau, die ihm mit einem Stück Karton Luft zufächelte, und einen Jungen, der ihm mit seinem mageren Körper Schatten spendete und die Scharen von Fliegen verscheuchte, die sich mit nervenaufreibendem Summen um ihn stritten.

Única und El Bacán hatten den Mann bewusstlos im Müll gefunden und den halben Vormittag lang versucht, ihn von den Toten aufzuerwecken. Als er nun endlich die Augen aufschlug, sagte Única als Erstes zu ihm:

»Freut mich sehr, ich bin Única Oconitrillo, stets zu Diensten.«

Der Mann setzte sich schwerfällig auf und sah erst die Frau, dann den Jungen an. Er wirkte so erstaunt wie jemand, der sich schon für tot gehalten hat und dann plötzlich aufwacht und merkt, dass ihm die Gnade des Todes doch noch nicht zuteil geworden ist.

»Wir sind schon seit Stunden hier und passen auf Sie auf, Señor. Sonst hätten die Fliegen und Geier Sie zum Frühstück verspeist.«

Dem Mann fiel es schwer, ihren Worten zu folgen, er hatte einen Sonnenstich und üble Kopfschmerzen, die ihm durch Mark und Bein gingen. Única ging Hilfe holen. Zu mehreren hoben sie den Mann hoch und brachten ihn zu den Oconitrillos nach Hause, wo sie ihm einiges von seiner zu dicken Bekleidung auszogen. Mit feuchten Waschlappen auf seiner Stirn senkten sie – mangels einer Klimaanlage bei Umgebungstemperatur – sein Fieber und ließen ihn erst einschlafen, als er sich ihrer Meinung nach außer Gefahr befand; und er schlief lange und tief, als versuchte er, wieder in den Tod hineinzufinden, dem sie ihn entrissen hatten. Er schlief Stunde um Stunde, zwischen tiefem Traum und Delirium.

Der Alte wachte erst am Abend wieder auf, als die Sonne im Meer aus Müll unterzugehen schien wie ein weiteres Stück Abfall.

Später am Abend schaffte er es mit großer Mühe zur Tür der Behausung, wo er sich hinsetzte. Er sagte nichts, sprach mit niemandem und lehnte alle recycelten Lebensmittel ab, die seine unverhoffte Retterin ihm anbot.

Für Única Oconitrillo gab es über eines keine Diskussionen: Um sieben Uhr abends legte sich El Bacán auf seine Kartons und schlief. Sie ging noch eine Weile im Haus hin und her, räumte auf, verstaute das Geschirr, das sie im Lauf der Jahre gesammelt hatte und von dem kein Stück zum anderen passte, zählte sorgfältig das Besteck, das ebenso bunt zusammengewürfelt war, und wenn ihrer Meinung nach alles an seinem Platz lag, ungefähr um acht oder um halb neun, legte auch sie sich auf ihre Kartons und schlief sofort ein.

Die Anwesenheit des Mannes auf ihrer Türschwelle änderte nichts an dieser Gewohnheit: Única versuchte ein letztes Mal, etwas aus ihm herauszubekommen, aber als es ihr nicht gelang, ließ sie ihn dort sitzen, und er sah, dass selbst die Nacht, auch wenn sie auf der Müllhalde keinen Platz fand, ein Wegwerfprodukt war.

»Er muss wohl über etwas sehr Ernstes nachdenken«, murmelte Única bei sich, als sie schon unter der Decke lag; aber der Mann dachte nicht nach, sondern versuchte, still seine Kopfschmerzen zu ertragen und nicht zu stören, und er wunderte sich unendlich über diesen schlimmsten Tag seines Lebens, und dasselbe tat er auch am folgenden Tag und am Tag danach, bis Única ihn ungeduldig zur Rede stellte: »Señor, Sie werden mir jetzt zumindest sagen, wie Sie heißen, sonst müssen Sie gehen ... Das hier ist eine anständige Müllhalde, ich kann keinen fremden Mann im Haus haben, von dem ich nicht einmal den Namen weiß.«

Der Mann sah ihr zum ersten Mal in die Augen. Ein Schauer überkam sie.

Dem Mann fiel sein Name wieder ein. Ein flüchtiges Lächeln umspielte seine Mundwinkel, verflog aber gleich wieder. Was bedeutete schon sein Name? Hatte er je etwas bedeutet? Er hatte doch längst beschlossen, dass er das nicht tat, nun schien es aber wichtig, ihn auszusprechen, und sei es nur, um den kurzen Augenblick, in dem sich zum ersten Mal in seinem Leben jemand um ihn kümmerte, zu verlängern.

Er erinnerte sich an seinen Namen, Mondolfo Moya Garro, und auch daran, wie lustig es alle fanden, wenn er ihn als kleiner Junge trotz aller Bemühungen »Momboñombo Moña Gallo« aussprach. Er musste lachen und dachte mit Mitgefühl an sich als kleinen Jungen, zu dessen Ehren er sich nun zu der Frau umdrehte und sagte: »Momboñombo Moña Gallo.« Da musste er wieder lachen und fügte mit einem Anflug von Sarkasmus hinzu: »Mein Name klingt so, wie dieser Ort ist.«

Única verstand überhaupt nichts mehr. Der Mann blieb dabei, dass dies sein richtiger Name sei, und es gab keine weiteren Diskussionen. Auf die Frage, was zum Teufel er vor drei Tagen schlafend auf der Müllhalde gemacht habe, sagte er nur:

»Ich habe mich weggeworfen, weil ich zu nichts mehr gut bin«, und lachte erneut.

Única war erschüttert, sie schwieg und betrachtete ihn lange. Dann seufzte sie tief und sagte traurig: »Aber Sie sind doch ein guter, guter Mann!«

Mondolfo Moya Garro setzte zu sprechen an und brachte nach und nach hervor:

»An jenem Tag bin ich früh am Morgen aufgestanden, habe alles in Ordnung gebracht, mir die alten Familienfotos angesehen, die ich noch hatte; ich habe den Käfig meines Kanarienvogels geöffnet, meine Haustür hinter mir zugemacht, und das war's; ich habe mich weggeworfen, bin auf den Müllwagen geklettert, und die Müllmänner haben keine Fragen gestellt, sie haben mich einfach hierher gebracht. Was dann passiert ist, weiß ich nicht mehr, ich bin wohl ohnmächtig geworden.«

Única kam aus dem Staunen nicht mehr heraus, sie sah ihn nur an und wiederholte: »Aber Sie sind doch ein guter, guter Mann, Sie haben doch noch lange nicht ausgedient!«, und es sprudelten noch eine Menge mehr Worte zwischen ihren künstlichen Zähnen hervor, bis der Mann sie unterbrach, um zu fragen, ob sie vielleicht eine Tasse Kaffee für ihn hätte. Única erwiderte, was sie immer auf diese Frage antwortete:

»Schon, aber man muss ihn erst noch aufbrühen.«

El Bacán hatte über die Genesung des Alten gewacht. Nun freute er sich, weil er annahm, dass ein Mann, der sogar seinen Namen sagte, nicht mehr sterben würde. Im Gegensatz zu dem, was Oso Carmuco behauptete. Das war der Taucher, dem das Schicksal die Aufgabe übertragen hatte, die Seelen in der Gemeinde zu retten, was er mit solchem Eifer tat, dass er schon seit drei Tagen, ein paar Glasfläschchen mit dem Logo einer beliebten Würzsoße in der Hand, aufgeregt darauf wartete, dem Neuen die Letzte Ölung zu geben, und steif und fest behauptete: »Der ist schon eine Leiche, Única, er hat es nur noch nicht bemerkt.«

Mondolfo hatte Únicas und Oso Carmucos Unterhaltung über seinen Vitalzustand verblüfft mitgehört und war zum ersten Mal erleichtert, am Leben zu sein, als der Typ mit den Fläschchen sich entfernte und im Meer der schwarzen Möwen verschwand. Das Bild des Davongehenden überzeugte ihn, dass sogar Gott hier alles wegwarf, was ihm nicht mehr von Nutzen war.

»Das hier ist mein kleiner Schatz, El Bacán ... Sag Hallo zum Señor, Kleiner!«

Mondolfo Moya Garro hob den Blick zum Gesicht des Jungen. Er schätzte ihn auf zwanzig, mindestens. Der Junge war groß, wirklich dünn, hatte helle Haut, die von der Sonne und den Dämpfen der Müllhalde schwarz geworden war, und dunkelgrüne Augen sowie einen schwarzen, schütteren, verfilzten Bart und einen leicht dümmlichen Gesichtsausdruck.

»Freut mich sehr, Señor.«
»Mich auch, mein Junge.«

———— * ————

Gegen Abend trafen, so wie es der Brauch wollte, nach der Reihe die engsten Nachbarn bei Única ein.

»Früher waren wir nur eine Handvoll Leute, haben uns alle gekannt und gemeinsam zu Abend gegessen. Jetzt leben hier so viele Menschen, dass man kaum noch wen kennt.«

Mondolfo Moya Garro versuchte vergeblich, die Logik dieser Welt zu durchschauen. Die Taucher brachten Tüten voller Lebensmittel mit; alles wurde zuerst auf einem Herd neben Únicas Behausung erwärmt und dann von ihr mit salomonischer Hand in gleichen Portionen angerichtet.

Als er seinen Teller bekam, wünschte sich Señor Mondolfo, nie geboren worden zu sein.

»Eklig ist nur, nichts zum Essen zu haben«, sprach die Matriarchin weise, bevor der Neuankömmling am Ende noch etwas Ungehöriges sagte.

»Freut mich sehr, ich bin Momboñombo Moña Gallo, stets zu Diensten.«

Nur wenige sahen ihn überhaupt an.

Única teilte das Besteck aus und sammelte es nach dem Essen ergeben wieder ein.

Señor Mondolfo brachte keinen Bissen hinunter, so sehr er sich auch bemühte, und tröstete sich mit dem Gedanken, dass es ein Glück für ihn wäre, binnen Tagen hungers zu sterben.

»Hier landet alles Mögliche, Señor Momboñombo, Messer, Löffel, Gabeln, Teller, was immer Sie brauchen, man muss nur richtig suchen.«

Mondolfo stellte sich noch immer lebhaft sein baldiges Ableben vor. Doch El Bacán riss ihn aus seinen Gedanken: »Die Leute deponieren die Sachen aus ihren Häusern hier, und wir verponieren sie dann …«

Der Alte sah den Jungen schweigend an und nickte nur. Der Junge wirkte kindlich auf ihn, alles kam ihm vor wie bei einem Siebenjährigen, besonders wie er redete und sein leicht dümmlicher, dabei aber niedlicher Blick. Nach ein paar Tagen merkte er, dass El Bacán nur tauchte, wenn seine Mutter ihn beaufsichtigte, und wenn viele Leute da waren, holte sie eine lange Schnur aus ihrer Plastiktüte, wickelte sie sich um den Bauch und vertäute den Jungen daran, vor lauter Angst, dass er ihr verloren gehen könnte. Wenn El Bacán nicht an ihrer Seite tauchte, saß er auf seinem Herd und las alles Lesbare, was er fand oder geschenkt bekam. Er hatte gelernt, einzelne Wörter zu entziffern, begriff jedoch praktisch keinen zusammenhängenden Satz. Als er damals lesen gelernt hatte, hatte er sogleich damit begonnen, geduldig hunderte Wörter auswendig zu lernen, ohne dass es Única je gelungen wäre, ihm ihre Bedeutungen zu erklären. Jetzt, wo er erwachsen war, war seine Unreife nicht zu übersehen; allerdings nur für jemanden von außerhalb, denn in der Gemeinschaft schien sie keinem aufzufallen; im Gegenteil, nicht wenige staunten über den reichen Wortschatz des Jungen, und das erfüllte seine Mutter jedes Mal mit Stolz.

Nach dem Essen zogen sich die älteren Taucher in ihre Behausungen zurück; die Jüngeren trieben sich noch ein wenig herum.

Die Nächte auf der Müllhalde – wenn sie nicht wie zur Hochsaison im Müllgeschäft durch die Ankunft neuer Müllwagen gestört wurden – waren dunkel und wurden nur durch das unaufhörliche Summen der Insekten und das Rauschen der Tiefenströmungen des Müllmeers belebt.

Hinter der Müllhalde gab es einen Streifen, auf dem noch etwas Vegetation überlebt hatte. Hier fanden auch die Insekten Unterschlupf, die dafür sorgten, dass die Taucher – in dem Wissen, dass ihnen inmitten ihrer sterbenden Welt noch etwas Lebendiges blieb – ruhig schliefen.

Nach drei Wochen hatte Mondolfo Moya Garro seinen Vorsatz hungers zu sterben aufgegeben. Er ging schwer und atmete mühevoll, weil er sich schon eine Taucherlunge geholt hatte.

»Eine Lunge, die diesen Gestank verträgt, müsste man erst noch erfinden ... und was einem da wohl für Dreck durch Nase und Mund in den Körper hineinkommt, ohne dass man es merkt ...«

Única schlief jetzt auf El Bacáns Kartons; sie hatte ihre eigenen dem Neuen überlassen. Die drei legten sich nach dem Essen hin, aber Mondolfo schlief nicht. Neben ihm wurden Única und

El Bacán von Hustenanfällen geschüttelt. Sie redeten beide im Schlaf und schnarchten wie Kreissägen.

Mondolfo Moya Garro schlief immer erst in den frühen Morgenstunden ein, denn obwohl auch der Schlaf ein Produkt ist, das weggeworfen wird, fand er nirgends einen, den er recyceln konnte, um sich damit zuzudecken und sich dem ungeschützten Wachsein zu entziehen.

Morgens erwachte Única so frisch, als hätte sie in einer Fünf-Sterne-Behausung genächtigt. Um halb fünf war sie schon auf den Beinen, bereit, den Hügel hinunterzuklettern und ihren Eimer mit frischem Wasser zu holen. Wenn sie etwas Geld zusammengekratzt hatte, wartete sie, bis der Laden öffnete, um Kaffee und Brötchen zu kaufen. Sehr selten hatte sie genug für Zucker, der allerdings von den Lastwagen gebracht wurde, in Tüten, die für die Leute leer gewesen waren; wenn sie so eine fand, rief sie »Zuuuuucker«, riss sie unten auf und holte genug heraus, um wenigstens El Bacán den Kaffee zu süßen.

Únicas Gast wurde vom großzügigen Aroma ihres billigen Kaffees geweckt. Er schreckte mit einem erstickten Schrei hoch und entschuldigte sich für den dramatischen Auftritt. Bei seiner Rückkehr aus dem schwarzen Tunnel eines traumlosen Schlafs erwachte er mit dem Gefühl, laut geschrien zu haben, daher die Entschuldigung. In Wahrheit gab er aber immer nur einen leisen Laut und gar keinen Schrei von sich, weshalb Única seine Entschuldigung nicht verstand.

»Verzeihung wofür?«

»Dafür, dass ich so hässlich aufwache.«

»Aber das ist doch nicht Ihre Schuld, niemand wacht hier schön auf!«

»Dieser Kaffee ist ein Wunder, Única.«

»Es ist eher ein Wunder, dass wir Kaffee haben.«

Das Zweitschlimmste für Mondolfo war seine Verstopfung. Er konnte einfach nicht und fühlte sich schon ganz krank. Oso Carmuco hatte ihn vorgewarnt:

»Wer scheißen will, der muss auch essen ... Essen Sie! Essen Sie was!«

»Oso Carmuco, ich kriege bei diesem Gestank nichts hinunter.«

»Weil Sie neu sind, riecht für Sie alles schlecht. Sobald man sich dran gewöhnt hat, riecht man überhaupt nichts mehr.«

Oso Carmuco sagte die Wahrheit. Den üblen Geruch der ewigen Verdauungsstörungen der Erde, die sich am Müll verschluckt hatte, den fauligen Mundgeruch des Hügels nahmen die Nasen der Taucher, so unwahrscheinlich das erscheinen mag, nicht mehr wahr.

»Das ist nur, weil Sie sich noch vor allem und jedem ekeln.«

Die Gespräche während der Arbeitszeit waren immer kurz und wurden jäh beendet, sobald wieder ein neuer Müllwagen kam.

Mondolfo Moya Garro tauchte noch nicht im Meer. Er näherte sich zaghaft seinem Rand, wo sich die Müllwellen brachen, stand da und steckte die Füße hinein, und wenn etwas Klebriges angespült wurde, verschmierte es ihm die Schuhe. Ab und zu hörte er: »Momboñoooooooombo, kommen Sie rein, seien Sie kein Frosch!« Es folgte heftiges Gelächter.

An diesem Morgen hielt er es nicht mehr aus. Er fühlte, dass sich seine Verdauung verselbstständigte und er konnte nichts anderes mehr tun als zu rennen und sich einen Unterschlupf in einem diskreten Winkel der Müllhalde zu suchen, um das wenige loszuwerden, was er hinuntergebracht hatte.

Als er sah, dass es auf der Müllhalde so etwas wie Privatsphäre nicht gab, kamen ihm in der Eile auch sein Schamgefühl und sein gutes Benehmen abhanden und er tat, was er sich niemals hatte vorstellen können: Er ließ in aller Öffentlichkeit die Hose bis zu den Knöcheln hinunter und verspürte, auf einen Haufen alter Reifen gestützt, eine Erleichterung wie selten in seinem Leben, und das, obwohl er andauernd von vorbeikommenden Tauchern gestört wurde, die ihn grüßten und den Daumen hoben, ganz als hätte sich ein Unterstützungskomitee für seine Sache gebildet. Er versuchte es leicht zu nehmen und machte in Ruhe weiter, hob aber ebenfalls grüßend den Daumen. Als er fertig war, kam ein Taucher, den er kannte, und zeigte auf eine abgeschiedene Ecke, wo noch ein paar Bäume standen. Mondolfo bedankte sich für die Information und auch für die Diskretion des Mannes, aber nach ein paar Schritten drehte dieser sich noch einmal zu ihm um und rief laut, dass das hier schließlich kein Scheißhaus sei. Nachdem sich der Knoten in seinen Eingeweiden gelöst hatte, fühlte er, dass er sich damit auch seines Status – oder dem, was davon übrig war – als Bürger ohne viele Rechte, aber mit zahllosen Pflichten, entledigt hatte. Wieder bei Únicas Behausung angekommen, setzte er sich wie gewohnt auf die Türschwelle und dachte an sein Leben zurück: Sohn eines Bauern, wie damals fast jeder in Costa Rica, diesem Land, mit dem er sich immer so verbunden gefühlt hatte, schon früh Waisenkind, Bauarbeiter, solange es seine Kräfte zuließen, und später Wachmann auf Baustellen. Zum Schluss Wachmann in der Hauptbücherei, womit er, soweit er sich erinnerte, das einzige Mal in seinem Leben »das Glückslos gezogen« hatte.

Die vergangenen sechsundzwanzig Jahre hatte er bei Tag geschlafen und bei Nacht gewacht.

Da er sechs Jahre lang die Schule besucht hatte, las er damals jede Nacht ein paar Stunden, weshalb er für jemanden aus seiner Gesellschaftsschicht bald sehr gut mit der Ordnung der Bücher in den Regalen vertraut war. Besonders gern las er alte Zeitungen und

Zeitschriften, und er rechnete damit, den Rest seines Lebens so zu verbringen.

»Von der Hauptbücherei direkt auf den Friedhof«, hatte er immer geschworen. Auf der Müllhalde angekommen lernte er, nichts mehr zu schwören.

»Was ist denn das? Wo wollt ihr mit den Büchern in diesen Kisten hin?«

»Halt dich da raus, Opa! Das geht dich nichts an, ist alles so besprochen, ich warne dich.«

Leider deckte Mondolfo Moya Garro das kleine Nebengeschäft der Büromitarbeiter der Hauptbücherei mit der DespishPaper AG, dem größten Klopapierproduzenten im Land, auf, durch das tonnenweise Bücher und historische Aufzeichnungen zu »Schreibpapier für den Arsch« wurden, wie Mondolfo es formulierte, als er es offiziell meldete. Am nächsten Morgen fand er sich in der Arbeitslosenstatistik wieder.

»Einfach so, ohne Arbeitnehmerschutz, ohne Rentenanspruch, ohne irgendwas. Und weil ich arm war, auch ohne Hilfe von einem Anwalt, ganz zu schweigen von einer Gewerkschaft, es gibt ja keine für Leute, die ohne Vertrag arbeiten.

Um mich loszuwerden, haben sie mir eine unanständig niedrige Arbeitslosenentschädigung angeboten.

Die ist komplett an den Pfandleiher gegangen.

Man kann wenig oder sogar nichts essen, aber was man nicht tun kann, ist für sein Dach über dem Kopf nicht zu zahlen, denn dann landet man im Nu auf der Straße.

Mit sechsundsechzig, gar nicht mal so alt, aber ohne Arbeit, ohne irgendwen, der einen, wofür auch immer, anstellen würde, was bleibt einem da noch übrig? ... Nur, sich selbst wegzuwerfen!«

———— * ————

Auf der Müllhalde herrschte eine andere Zeitordnung, eine vom Zustrom der Müllwagen auferlegte, die je nach Müllangebot auf den Straßen der Stadt um sechs Uhr morgens oder um Mitternacht oder noch bevor der Morgen graute ankamen.

Mondolfo konnte seinen früheren Lebensrhythmus lange nicht ablegen. Und dennoch vermochte er eines Nachts – wie durch ein Wunder, wie er am folgenden Morgen fand – sein Zeitempfinden eines Nachtwächters wieder umzukehren und bis ungefähr sechs Uhr früh durchzuschlafen. Als Zeuge der wundersamen Kaffeevermehrung an jenem Morgen beschloss er schließlich, sich den treibenden Kräften in der Gemeinschaft der Taucher anzuschließen.

»Was muss ich tun?«

»Sie müssen suchen, und dann stecken Sie in eine Tüte alles zum Essen, und in eine andere alles zum Verkaufen.«

Und hiermit kannte Mondolfo Moya Garro die beiden einzigen Punkte im Handbuch und hatte sich bis mittags bereits den Kaffee am nächsten Morgen verdient. Zur Mittagszeit bot er an, den Hügel hinunterzusteigen und Wasser fürs Essen zu holen, aber mit einem Bart, der fast einen Monat lang nicht gestutzt worden war, mit der vom Kontakt mit dem Müll schmierig und schwarz gewordenen Haut, dem vor Schmutz starrenden Haar und weiteren Kennzeichen der Armut wurde die Wassersuche zu einem Martyrium. Er konnte an den Blicken der Leute unschwer erkennen, wie er aussah und wie abstoßend sie ihn fanden. Wenn er nicht ohne zu fragen Wasser von einer Tankstelle genommen hätte, hätte er es nie geschafft.

»Única, die Leute schauen so angewidert und misstrauisch ... Es ist schrecklich!«

»Das tun sie nur, weil du dir seit deiner Ankunft nicht mehr die Zähne geputzt hast.«

»Aber ich habe keine Zahnbürste!«

»Das stimmt doch nicht! Da hängt die Gästezahnbürste, du weißt doch, dass du sie nehmen darfst.«

Nach dem Essen putzte er sich die Zähne, und auch wenn es reine Einbildung war, fühlte er sich gleich ein bisschen ordentlicher.

Sich die Zähne mit der Zahnbürste zu putzen, die Única an einem Schnürsenkel an die Seitenwand ihrer Behausung gehängt hatte, war ein wichtiger Schritt im Rahmen von Mondolfos allmählicher Initiation als Taucher, nicht wegen des Putzens an sich, denn außer Única und El Bacán putzte sich kein Taucher die Zähne, sondern weil es einen qualitativen Sprung bei der Überwindung seines Ekels darstellte, diesem ausgesuchten Gefühl, das die Kultur hervorbringt.

»Den Quatsch kannst du gleich vergessen, Ekel ist ein solcher Luxus! Wenn einen der Hunger plagt, lässt der Ekel bald nach …«

»Ein kleiner Schritt für einen Menschen … aber ein riesiger Rückschritt für die Menschheit«, hätte er gesagt, wenn er in diesem Augenblick einen solchen Geistesblitz gehabt hätte.

Doch er wurde abrupt aus seinen Grübeleien gerissen, weil es einen Tumult gab. Sogar auf der Müllhalde galt das Recht des Stärkeren, und gewisse Gruppen maßten sich an, vor allen anderen den frisch angelieferten Abfall zu durchwühlen. Nun kam Única herbei, band El Bacán los, den sie wieder mit der Schnur an sich vertäut hatte, und klärte den Neuen über die Revierkämpfe auf.

»Nur die Hölle wird uns wohl alle aufnehmen …«

»Momboñombo, rede keinen Unsinn, die Hölle ist hier«, sagte Única, die gerade eine seltene realsozialistische Eingebung hatte. »Ich aber komme von hier direkt in den Himmel«, fügte sie in einer ihrer mystischen Anwandlungen hinzu, die sie häufiger überkamen.

Nach solchen scharfen Aussagen bereute sie stets, »sich versündigt« zu haben, bekreuzigte sich und dankte Gott schnell für ihr tägliches Brot und dafür, dass sie ein Dach über dem Kopf hatte.

»Dieses Streiten um die neuen Müllsäcke ist eine der Schattenseiten unseres Handwerks, aber weißt du, mich lässt man in Ruhe, weil ich sehr darauf achte, was den Leuten besonders gefällt, und wenn ich so etwas finde, schenke ich es ihnen, auch wenn es wertvoll ist. Vielleicht verstehen sie so endlich, dass es sich nicht lohnt, um jeden Quatsch zu streiten, und dass man lieber teilen sollte ...«

Única vertrat diese Politik der friedlichen Koexistenz sehr überzeugt, sie wusste aber, wie sehr ihr mütterliches Aussehen ihr das Überleben auf jener Müllhalde der Gefühle erleichterte, auf der all jene Platz fanden, die nirgends sonst auf die Welt passten.

Únicas Gast durchschaute die Dynamiken auf der Müllhalde nicht: Manchmal kam es ihm so vor, als wäre sie eine wahnsinnige Welt, und in solchen verzweifelten Momenten tat er sich im Stillen leid, weil man ihm das Leben gerettet hatte. Dann wieder kam es ihm so vor, als hätte ihn die unfreiwillige Verbannung aus dem menschlichen Dasein und der tägliche Kampf um das absolute Minimum gelehrt, das Leben ganz anders zu schätzen. Das kam ihm natürlich nicht in diesen Worten in den Sinn; er beschränkte sich darauf, etwas zu murmeln wie: »Je miserabler es den Leuten geht, umso mehr klammern sie sich ans Leben.« Woraufhin Única, verwundert über diese Bemerkung, entgegnete, dass Rumsitzen und Jammern keine Lösung sei und es nur schlimmer machen würde. Allerdings waren auch seine Gespräche mit Única nie allzu lang.

Mondolfo war bereits aufgefallen, dass die Taucher sehr gut darin waren, Selbstgespräche zu führen, es ihnen aber schwerfiel, sich länger als fünf Minuten wirklich mit jemandem zu unterhalten. Sogar Única redete häufig mit sich selbst, sang manchmal die alten Lieder aus der Schule oder sprach mit den Dingen, die sie im Müll fand, zum Beispiel mit einer Zahnpastatube, die sie dann beglückwünschte, fast voll hier angekommen zu sein, oder mit einer Gabel, die sie nur Minuten zuvor gefunden hatte und mit ihrer Schürze polierte, um sie sogleich feierlich in der Tüte mit den wertvollen Sachen zu versenken.

El Bacán seinerseits führte den lieben langen Tag Selbstgespräche, sagte einzelne, mit Mühe entzifferte Wörter aus alten Zeitungen oder Büchern vor sich hin, die ebenfalls das Schicksal auf die Müllhalde geführt hatte.

»Momboñombo, du führst jetzt schon seit Stunden Selbstgespräche, was ist denn mit dir los?«

»Única, wir brauchen mehr Luft, wir ersticken hier noch!«

»Dass du immer gleich so übertreibst!«

An diesem Tag beschloss Mondolfo Moya Garro, nicht tauchen zu gehen. Er blieb zu Hause und versuchte, eine Art Luftloch in das Dach der Behausung zu machen. Bisher war ihm die Fernsehantenne auf dem Dach noch nicht aufgefallen, die nicht nutzloser hätte sein können, wie er fand. Er versuchte sie herunterzureißen, aber El Bacán protestierte lautstark, weil Única sie zur Dekoration dort angebracht hatte, was ihnen beiden gefiel und weshalb sie selbstverständlich bleiben musste, wo sie war. Mit der neuen Entlüftung schlief Mondolfo zwar nicht viel besser, aber immerhin ein bisschen. Única und El Bacán bemerkten keinen Unterschied.

Bevor der Schlaf ihn für ein paar Stunden aus seinem Schicksal erlöste, dachte Mondolfo noch einmal an die Fernsehantenne und war ein wenig traurig und ziemlich gerührt über die Tatsache, dass nicht einmal auf der Müllhalde die Hoffnung verloren ging, so zu leben, wie man es sich vorstellte, »oder wenigstens so ähnlich«.

»Wenn ich wirklich den Wunsch gehabt hätte, zu sterben, hätte ich Gift genommen ...«, ging ihm als Letztes durch den Kopf, bevor er in eine erschöpfte Bewusstseinsleere sank.

Única hatte an die Wand mit der Zahnbürste auch noch einen Spiegel gehängt. Mondolfo schaute jeden Morgen in den Abgrund seines Spiegelbilds und tat sich immer schwerer damit, sich wiederzuerkennen. Er stand und schaute und kam fast um vor Verlangen, ein Bad zu nehmen und sich den ganzen Schmutz abzuwaschen.

»Das Weiße in meinen Augen ist auch schon ganz gelb!«

Sein Bart wuchs furchtbar schnell, genau wie seine Finger- und Fußnägel.

»Bald passen mir die Schuhe nicht mehr und hier werde ich keine anderen finden.«

Seine Kleidung war völlig zerlumpt.

»Ich habe solche Lust auf ein kühles Bier!«

Seine Knie schmerzten und sein Rücken auch. Jeden Tag kam ein neuer Schmerz hinzu.

»Hier geht es schnell mit einem bergab.«

Er konnte sich noch an das gute Leben erinnern, das nun für ihn sein gesamtes früheres Leben in Armut war, denn einmal auf der Müllhalde angekommen, schien ihm sogar dieses Leben ein Luxus zu sein.

»Das hier ist keine Armut ... Das ist was Schlimmeres.«

Er dachte an seinen Kanarienvogel zurück, der ihm Gesellschaft geleistet hatte, indem er bei Tag zwitscherte, während Mondolfo schlief, um sich für die nächste Nachtschicht auszuruhen. Er dachte zum ersten Mal wieder an ihn. Er erinnerte sich daran, wie er ihn an jenem letzten Tag, »meinem letzten Tag in Armut«, noch einmal gefüttert und dann die Käfigtür offengelassen hatte, nicht ohne sich bei ihm zu bedanken und sich zu verabschieden.

Dem Mann im Spiegel rann etwas aus den Augen, bemerkte er. Der da draußen hinter dem Spiegel weinte so, wie er selbst es nicht vermochte.

»Wer hier seinen Tränen freien Lauf lässt, geht vor die Hunde!«

Es war bereits die dritte Novemberwoche, ohne dass es auf der Müllhalde jemand mitbekam, außer Mondolfo natürlich, der regelmäßig das Datum auf den Tageszeitungen las, die stets mit einem Tag Verspätung hier landeten. Schon eine Woche, nachdem er sich der Gemeinschaft der Taucher angeschlossen hatte, konnte er bereits erraten, in welchen Müllsäcken er welche Zeitungen finden würde.

Seine Augen brauchten aber fast zwei Monate, bis sie manche Kleinigkeiten wahrnahmen, zum Beispiel, dass Única eine Portion vom Mittagessen abzwackte, um sie anschließend dem Greis zu bringen, der in der abgelegensten Behausung der Müllhalde lebte.

»Wer wohnt denn dort, Única?«

»Don Retana, der allerälteste Taucher des Viertels, so alt, dass er nicht mehr arbeiten kann.«

Diesmal hatte der Greis beim Essen Gesellschaft.

»Wer ist denn die Frau, die hier mit so einer Puppe auf dem Rücken herumläuft?«

»La Llorona.«

La Llorona war sieben Jahre zuvor auf der Müllhalde gelandet, mit einem wenige Monate alten Baby auf dem Arm.

Ihre Geschichte war so ungewöhnlich, als hätte das Schicksal sie eigens erdacht, nur damit die Legende und das alltägliche Leben der Menschen sich einmal mehr berührten, auch wenn dies für die Menschen Schmerz bedeutete.

La Llorona war wie alle hierhergekommen, um ihre letzte Karte auszuspielen und auf ihr Glück zu hoffen und hatte mit dem Kleinen, bis ihre eigene Behausung gebaut war, einen improvisierten Unterschlupf bezogen. Sie hatte beinahe sofort begonnen, tauchen zu gehen, und um an einen vielversprechenden Müllsack zu kommen, der auf hoher See auf und ab schaukelte, ließ sie das Kleine auf einem freien Fleck inmitten des Mülls zurück, nicht ahnend, dass es auf der Müllhalde nichts Trügerischeres gab als diese freien Flecken. Als sie zurückkam, zwei, drei Minuten später, war das Kleine nicht mehr da. Zwei, drei Stunden später war sie rettungslos verrückt geworden. Sogar die Traktoren blieben stehen, was dem Stillstand des Universums nahekam. Die Polizei erschien, von der Verwaltung gerufen. Alle hörten auf zu arbeiten. Als die Nacht hereinbrach, hielt man das Kind für verloren. Die Mutter erholte sich nicht von diesem Unglück. Sie ließ sich im Slum nieder und verbrachte ihre Zeit damit, den Müll umzugraben, immerzu weinend. Oft grub sie auch in den Nächten und ihr Weinen ließ die ansässigen Taucher erschauern. Wenn La Lloronas Weinen der schlafenden Única ins Bewusstsein drang, stand diese auf, suchte in der Dunkelheit nach ihr, beruhigte sie und versuchte sie zu überreden, nach Hause zu gehen. Sie blieb so lange bei ihr, bis sie gut zugedeckt eingeschlafen war.

»Manchmal steht auch Oso Carmuco auf und geht sie suchen, nimmt sie mit zu sich und dann finden sie schon was, das sie miteinander tun können, wenn du verstehst, was ich meine.«

Mondolfo konnte die Geschichte kaum glauben. Aber je mehr er erfuhr, desto mehr Geschichten hörte er auch, die er lieber nie erfahren hätte.

»Única, hast du das Pärchen gesehen? Dort im Müll? Ein zierliches Mädchen, das man immer mit einem ziemlich mageren Jungen sieht?«

»Das sind Los Novios – das junge Paar, wie wir sie nennen.«

Jemand hatte ihnen diesen Spitznamen gegeben, weil sie so, aber auch so jung geheiratet hatten, dass sie auch nach vielen Jahren immer noch wie diese jungen Paare aussahen, die man im Bus miteinander knutschen sieht. Sie waren so, aber auch so jung gewesen, dass sie auch nach noch so vielen Berufsjahren immer noch wie diese Mitarbeiter aussahen, die nie eine Beförderung erhalten werden. Ihr Häuschen war so, aber auch so klein, dass es immer noch aussah wie jene Spielzeughäuser, in denen Kinder so gern Erwachsene spielen.

Zuerst wurde El Novio rausgeworfen; also lebten sie vom Gehalt von La Novia und beschlossen, endgültig das Kaffeetrinken aufzugeben, und zwar nicht nur deshalb, weil sie es für eine überflüssige Ausgabe hielten, sondern weil es tatsächlich ihre einzige überflüssige Ausgabe war.

Es dauerte einen Monat und drei Wochen, bis ihr Hirn nicht mehr in einer endlosen Tortur wenigstens eine Tasse am Tag verlangte.

Vier Wochen nach diesem zweiten Monat wurde auch La Novia rausgeworfen. Fünf Wochen nach diesem zweiten Monat wurde ihnen der Strom abgedreht. Sieben Wochen nach diesem zweiten Monat das Wasser. Neun Wochen nach diesem zweiten Monat standen sie auf der Straße.

Ein Nachbar schenkte ihnen eine mittelgroße Packung Kaffee, und so packten sie ihre Kaffeekanne ein und fassten einander – als wüssten sie Bescheid, ohne darüber reden zu müssen – an der Hand, um in den Slum zu gehen.

Sie hatten Glück, eine Behausung stand leer.

El Novio packte ihr Bündel aus. La Novia faltete die Decken auseinander und schüttelte sie auf. El Novio ging noch einmal ins Häuschen zurück und holte noch mehr Sachen, die er in die letzte Decke einhüllte. La Novia hatte einige Schachteln aus Karton aufgetrieben und machte das Bett. El Novio bastelte einen behelfsmäßigen Herd aus der rostigen Felge eines Lastwagens, die er irgendwo gefunden hatte. La Novia bemerkte, dass nichts da war, das sie hätten kochen können. El Novio ging Wasser holen, zündete Feuer an und machte einen feinen, kleinen Kaffee. Sie tranken ihn ohne Zucker und legten sich schlafen.

Sie waren noch nie in einem Slum gewesen.

Sie konnten zwar nicht schlafen, stellten sich aber beide schlafend, um den anderen nicht zu stören.

In den frühen Morgenstunden lagen sie immer noch wach und zitterten. Er drehte sich zu ihr, umarmte sie und sagte:

»Das ist wegen dem Kaffee ... Wir sind es nicht mehr gewohnt, welchen zu trinken!«

Mondolfo erfuhr diese Geschichte aus erster Hand; El Novio erzählte sie ihm haarklein, als er ihn einmal fragte, wie die beiden hier gelandet seien. Dann erzählte Mondolfo auch El Novio seine Geschichte, und sie wurden Freunde.

»Hast du etwa geglaubt, dass sie nur hier sind, weil es hier so schön ist?«

Einmal kam in einem Müllsack eine Puppe in der Größe eines Babys an. Zu der Puppe gehörte auch eine Babytrage. Única und El Bacán untersuchten gerade ihren Fund, als sich La Llorona mit spitzen Schreien und hervortretenden Augen auf sie stürzte. Sie riss ihnen das Spielzeug aus der Hand und schloss sich damit in ihre Behausung ein. Erst drei Tage später schaffte es endlich jemand, die Tür zu öffnen, weil sie da schon zu schwach war, um sich zu wehren. Man fand sie auf dem Boden sitzend, dehydriert, wie sie fast unhörbar ein Wiegenlied sang und der Puppe die Brust gab.

Única kümmerte sich ein paar Tage um sie und zeigte ihr, wie sie die Puppe in die Babytrage setzen und sich diese auf den Rücken binden konnte.

»Aber sie weint ja immer noch und sucht im Müll nach ihrem Kind.«

»Ja, natürlich! Sie mag verrückt sein, aber sie ist doch nicht blöd.«

———— * ————

Die einzelnen Pritschenwagen, die noch kamen, sammelten den weniger gefragten Müll aus den ärmeren Vierteln der Stadt ein. Einer von ihnen brachte eines Morgens ein altes, rostiges Klappbett. Als Mondolfo es sah, bekam er einen Kloß im Hals. Er griff sich einen Stock, schwang ihn wild durch die Luft und rief: »Das Klappbett gehört mir!« Auch die jungen Taucher wagten es nicht, dem Neuangekommenen die begehrte Beute streitig zu machen, so entschlossen wirkte er in dem Punkt, in einem Bett zu schlafen und einen Teil seiner Würde wiederzuerlangen.

Die einzelnen Teile des Klappbetts wurden von Mondolfo, Oso Carmuco und El Novio zu Única nach Hause getragen, wo sie das Bett zu dritt aufstellten. Es war zu groß für die Behausung und die folgenden Tage wurden dem Umbau des Schlafzimmers gewidmet. Die hintere Wand musste entfernt und ein paar Meter versetzt werden, damit das große Klappbett, das nun das dominierende Möbel der Unterkunft war, Platz hatte. Allerdings übersah Mondolfo dabei etwas Wesentliches: Weder war es zu rechtfertigen, dass er in einem so großen und bequemen Bett schlief, während Única und El Bacán sich ihre Kartons teilen mussten, noch wäre es anständig, wenn Única sich einfach zu einem Mann ins Bett legte. Wen es gekümmert hätte? Wohl niemanden. Aber es kümmerte Única, der ihr Anstand wichtig war, auch wenn die Wirklichkeit ihr seit zwanzig Jahren erbarmungslos vor Augen führte, dass man seine Werte nicht essen kann.

»Das ist ein anständiges Haus!«

Mondolfo Moya Garro schlief also weiterhin auf dem Boden.

Única schmolz förmlich dahin, als er ihr sein Klappbett anbot und ihr half, die Kartons aufzulegen, bevor sie und El Bacán darin schliefen.

In jener Nacht schliefen Mutter und Sohn wie die Könige und husteten auch weniger. Mondolfo wischte sich ein paar dicke Tränen ab, sei es, weil ihn dieser Anblick so rührte, sei es, weil er nun selbst, nur in der anderen Ecke, wieder auf Kartons auf dem Boden lag.

»Wenigstens hört man in der Nacht nicht dauernd die Traktoren.«

Der anhaltende, ununterbrochene, zermürbende Höllenlärm jener Maschinen bereitete ihm noch immer Qualen, die er schweigend ertrug, weil er jedes Mal, wenn er den Lärm erwähnte, zu hören bekam: »Welcher Lärm?« Welcher Lärm? Welcher Gestank? Welche Fliegen? Die Taucher verbrachten ihre Zeit weder damit, Fliegen zu verscheuchen, noch damit, sich die Nase zuzuhalten, um den fauligen Geruch des Abfalls nicht einzuatmen. Única parfümierte sich sogar jeden Morgen, wie er mitbekommen hatte, und der Lärm hielt sie nicht davon ab, den ganzen Tag vor sich hin zu singen. Sie verrührte in einer Flasche die sterblichen Überreste aller Parfüms, derer sie habhaft wurde, ungeachtet dessen, ob es sich um Herren- oder Damendüfte handelte und ob sie zusammenpassten. Sie vermischte alles kundig wie eine Alchemistin und zauberte daraus völlig neue Düfte, die man – zum Glück für ihre Mitmenschen – nicht mehr wahrnahm, wenn sie in die Tiefen des Müllmeers abtauchte. Die Taucher der Gemeinschaft brachten ihr freiwillig alle Blumenwässerchen, die sie fanden. Diese gehörten Única Oconitrillo ganz allein.

»Monatsende, Momboñombo Moña Gallo!«

Das hieß, dass die Erntezeit gekommen war und sie hinunter in die Stadt gehen mussten, um die gesammelten Flaschen und Dosen an Recyclingunternehmen zu verkaufen und von dem Erlös ihren täglichen Kaffee, den ihnen Gott gab, und frische Kekse vom Bäcker zu holen und …

Mondolfo Moya Garro blieb der Mund offen stehen. Bis jetzt war ihm nicht in den Sinn gekommen, jemals wieder in seinem Leben in die Welt zurückzukehren. Wieder dieselben Straßen seines alten Lebens entlangzugehen, nur jetzt in seiner neuen, elenden Erscheinung, mit zerschlissenen Kleidern, verfilztem Haar und wild wucherndem Bart.

»Ich komm nicht mit, Única, ich bleibe lieber hier und passe aufs Haus auf.«

»So ein Unsinn, Momboñombo, wo nichts ist, kann auch nichts gestohlen werden.«

An der Spitze des Zugs ging Única, dahinter El Bacán, jeder mit seinem Sack. Ein paar Schritte hinter ihnen Mondolfo, einen Sack mit Bierdosen und einen mit Flaschen über der Schulter, und ein bisschen weiter hinten Oso Carmuco, El Novio und La Novia, allesamt bereit, sich im Schweiße ihres Angesichts ihr tägliches Brot zu verdienen.

Die Straße war nicht mehr dieselbe. Weder die Leute waren dieselben noch die Autos, die altbekannten Gebäude oder der Parque Central. Die Stadt war aus der Perspektive eines Tauchers, der Mondolfo nun war, nicht mehr dieselbe. Die Sorge, dass ihn jemand erkennen könnte, verflog auf schmerzhafte Weise, als er plötzlich vor einem alten Bekannten stand und der seinen schüchternen Gruß nicht erwiderte. Señor Mondolfo Moya Garro war vom

Erdboden verschluckt worden und niemand hatte auch nur die Polizei verständigt, keiner hatte ihn vermisst, nicht einmal seinen alten Bekannten und entfernten Verwandten; keiner nahm Notiz davon, dass er ins Exil der Müllhalde gegangen war.

Seine Gefährten hingegen grüßten die Menschen der Straße und diese grüßten zurück, die Leute aus der sogenannten »informellen Wirtschaft«, die Straßenhändler, die Losverkäufer, die Bettler, die Busfahrer, die Prediger im Parque Central. Beinahe an jeder Ecke stand jemand, der Única, Oso Carmuco, El Bacán oder alle zusammen begrüßte, weil er die Gruppe kannte. Nur Los Novios wurden auch von niemandem gegrüßt.

»Única, wer ist der Mann, der da Hallo gesagt hat? Der in der Mönchskutte mit dem Schild in der Hand?«

»Das ist Pater Jerónimo Peor, ein weiser Mann.«

»Den habe ich schon vor Jahren immer wieder mal auf der Straße gesehen ... Ich habe ihn immer für verrückt gehalten!«

Da erblickte sich Mondolfo Moya Garro von Kopf bis Fuß im spiegelnden Schaufenster eines Modegeschäfts. Er versteinerte. Sein jämmerliches Erscheinungsbild erinnerte nicht im Entferntesten an sein früheres Aussehen.

»Ich sehe aus wie ein Verrückter!«

»Momboñooooooombo, hier wird nicht in der Gegend rumgestanden!«

»Schrei nicht so, Oso Carmuco!«

Mondolfo drängte sich der Gedanke auf, dass er sich, statt sich wegzuwerfen, zum Beispiel auch gleich vom Dach der Hauptbücherei hätte stürzen können; es wäre genau dasselbe gewesen. Er konnte kaum fassen, dass seine vereinzelten Freunde ihn gar nicht vermisst und sein Verschwinden auch nirgends gemeldet hatten. Betrübt erzählte er Única davon.

»Wenn man auf der Müllhalde gelandet ist, sucht einen keiner mehr ... Denk nicht weiter darüber nach!«

»Wir sind nichts!«

Oso Carmuco hörte den Alten zufällig so klagen und wiederholte den tiefgründigen Satz immer wieder, wobei er die Stimme und den Gang eines Betrunkenen nachahmte.

Der Fußmarsch durchs Stadtzentrum war für Mondolfo eine Qual. Er musste sich dabei der Dynamik seiner Gefährten anpassen, die zudem undurchschaubar war. Die Bewegungen der Taucher waren so ungelenk, als würde der harte Asphalt sie aus dem Gleichgewicht bringen, als vermissten sie den beweglichen Boden der Müllhalde. Zwischendurch blieben sie stehen, um die Mülleimer an den Straßenecken zu durchsuchen, und manchmal kamen Verkäufer aus den Geschäften, um sie zu verscheuchen, weil sie alles, was sie nicht brauchen konnten, auf dem Boden verteilten. Ungerührt überquerten sie die Straße, ohne auf herannahende Autos zu achten. Única war einzig um El Bacáns Sicherheit besorgt und hatte ihn wieder mit jener Nabelschnur aus Nylon an sich vertäut, weshalb er noch mehr aussah wie ein »Junge mit Problemen«.

Der Rückweg zur Müllhalde am späten Nachmittag fühlte sich für Mondolfo, anders als erwartet, wie eine Heimkehr an. Er zog sich die Schuhe aus und lockerte sein Hemd, ließ sich erschöpft auf seinen Kartons nieder und erhob sich nicht einmal mehr zum Abendessen.

Am nächsten Morgen gab es zum Frühstück Kaffee, frische Kekse vom Bäcker und – ein extravaganter Luxus – Eierspeise.

»Es ist schon fast Dezember, Momboñombo!«

»Und woher willst du das wissen, wo du doch nie weißt, welches Datum wir haben?«

Única seufzte tief ... »Ach, was soll ich sagen, ich bemerke immer so eine innere Unruhe, wenn Weihnachten kommt.«

Der Slum hatte sich in zwei Jahrzehnten merklich ausgebreitet. Zu seinem einundzwanzigsten Jahrestag hatte die Zunahme seiner Bevölkerung die Grenzen des Möglichen erreicht. Weil das Elend aber keine Grenzen kennt, strömten immer noch mehr Menschen auf den Abfallberg, um das große Los zu ziehen ... und zu sehen, dass es eine Niete war.

Die Armut war auf die Spitze des Hügels getrieben worden und drohte, von dort aus die Nachbarschaft zu überschwemmen, wenn eines Tages kein weiterer Müllsack samt dem Taucher, der ihn durchwühlte, mehr auf die Müllhalde passte.

Viele Taucher kamen und gingen, beschlossen aber nie, sich auf der Müllhalde niederzulassen. Sie gingen auch in den Straßen der Stadt tauchen; unverwechselbar ihre Kleidung, ihr kraftloser Gang, der forschende Blick, das Fingerspitzengefühl von Geburtshelfern, die durch ihr Handwerk darin geübt waren, vorsichtig das Innere eines Müllsacks abzuschätzen, ohne ihm den Bauch aufzureißen, aber auch ihr Klassenbewusstsein, das sie auf den ersten Blick den Müll reicher und armer Viertel unterscheiden ließ.

»Es hört einfach nicht mehr auf zu regnen!«, sagte Única, als es Ende November so aussah, als wäre es gerade erst Anfang Oktober.

»Wie dumm, dass sogar der Regen gebraucht und schmutzig auf der Müllhalde landet«, fügte Mondolfo Moya Garro hinzu.

Es hatte in diesem Jahr schon im April zu regnen begonnen und sie hatten mehrere tropische Wellen und Kaltfronten überdauert, die für die Armen immer dreimal so kalt sind und die Gesundheit aller, die im selben Boot saßen, in Mitleidenschaft gezogen hatten. El Bacán hustete ununterbrochen und bekam, wenn ihm die Nase lief, einen grünen Schnurrbart und einen steifen Backenbart.

Das Wasser prasselte auf das glänzende, schwarze Federkleid der Geier und sammelte sich überall an, wodurch sich zwischen den Plastiksäcken tausende kleine Teiche bildeten. Unter der schwachen Novembersonne müffelten die reich von Fliegenlarven und anderem Getier befruchteten Wasserlachen und schillerten in allen Farben, wenn sich das Licht darin brach. Das farbenfrohe Spektakel erweckte den Eindruck, der Regenbogen sei ermordet worden und sein Leichnam verfaule nun langsam zwischen den Abfällen.

Der viele Regen durchnässte die Taucher, egal wie fest sie sich in ihre Plastiksäcke, den notdürftigen Ersatz für Regenmäntel, einwickelten. Wasser drang in ihre Behausungen ein, weshalb sie abwechselnd tauchen gingen und endlose Reparaturen an der schwimmenden Stadt über der Müllhalde vornahmen.

Ganz in Grau, mit einem großen Plastiksack für Gartenabfälle als Regenmantel und einer um den Bauch gebundenen Schnur, sahen die Taucher wie die Mitglieder einer Sekte aus, die dem Ende der Welt huldigte. Ihre Plastikkutten auf stets gebückten Rücken passten perfekt in ein diffuses Bild von Büßern, die sich unter der geistlichen Führung der Traktoren auf Pilgerfahrt begaben.

»Im Sommer wird es leichter«, sagte sich Mondolfo Moya Garro jedes Mal, wenn er im Stehen direkt aus den Eutern der Wolken trank. Er wusste noch nicht, was die Sonne im Februar und März aus der Fäulnis und der lehmigen Erde der Müllhalde machte, aber in diesem Moment war der Boden ein einziger, schlammiger Sturzbach, der mit jeder Minute die noch lebendigen Teile des Hügels ausblutete. Das Grün wich jeden Tag weiter zurück, als verließen sogar die Bäume aus freien Stücken jenes Beinhaus des menschlichen Daseins.

El Bacán vergnügte sich damit, Papierboote in den kleinen Teichen neben der Behausung schwimmen zu lassen. Die anderen

Kinder durchwühlten den Müll genauso wild wie die Erwachsenen, nur mit einem anderen Gesichtsausdruck, mit großen, staunenden Augen, als suchten sie unbewusst nach nichts anderem als nach ihrer zwischen den Abfällen verrotteten Kindheit.

Der ständige Regen lockerte das Erdreich der Deponie. Wenn sie eine Zeit lang an derselben Stelle gestanden hatten, mussten die Taucher ihr Beine aus dem Matsch ziehen, weil sie bis zu den Knien feststeckten. Die mehr oder weniger zwanzig Jahre, in denen hier Müll eingegraben worden war, hatten aus dem Hügel ein albtraumhaftes Monstrum mit lauter kleinen Erhebungen hin und her geschaufelter Erde gemacht und die Flüsse Damas und Tiribí dazu verdammt, die ununterbrochen einsickernde Suppe zu schlucken, die dem Erdkörper intravenös verabreicht wurde.

———— * ————

»So-li-lari-tä-t ... Soli-larität ... Solidarität.«
»Was liest du denn da, El Bacán?«
»Die Zeitung.«
»Darf ich mal sehen?«

Einwohner von Río Azul
fordern Solidarität von der Regierung

»Soli-larität, Soli-larität ... Das Wort kann ich nicht aussprechen, Momboñombo!«
»Das ist auch ein sehr schwieriges Wort ... Weißt du, El Bacán, sie glauben, dass die Regierung ihnen hilft ...«
»Momboñombo, führst du schon wieder Selbstgespräche?«
»Nein, ich rede mit El Bacán.«
»Ach so!«

»Soli-larität, Soli-larität, Sol...«
»El Bacán, sei jetzt still!«
»Spar dir die Mühe, er wird dieses blöde Wort jetzt stundenlang wiederholen.«

———— * ————

Am Anfang, ganz am Anfang, hatte sie einen Garten angelegt. Sie hatte ihn nach und nach mit Zierpflanzen bestückt, die sie von Leuten aus Río Azul geschenkt bekommen hatte, als die Einwohner des Viertels den Tauchern gegenüber noch nicht so misstrauisch waren, sie nicht einmal »Taucher« nannten, sondern die »Leute mit den kleinen Hütten dort oben auf der Müllhalde«.

Sie säte Prunkwinden aus, die sich die Rückwand der Behausung hinaufranken sollten, und in dem Bereich, den sie den »Patio« nannte, Oregano, Langen Koriander und Zitronengras. In dem Teil, den sie den »Garten« nannte und der eigentlich nicht mehr war als der kleine Bereich vor ihrer Behausung, säte sie Begonien und Gloxinien in Milchpulverdosen aus, und dort versuchte sie auch so hartnäckig wie vergeblich, ihren weißen Rosenstock zu ziehen. An einem Stück Holz vom Australischen Glockenstrauch befestigte sie ein paar violette Orchideen, wie es in ihrer Familie der Brauch war. Sie nahm eine Schildkröte bei sich auf, die eines Tages einfach aufgetaucht war, und bepflanzte den Wegesrand mit üppigen, weiß blühenden Fleißigen Lieschen, um dann so zu tun, als wären es die weißen Rosen ihres Rosenstocks.

In diesen Jahren mit dem Garten war auch El Bacán aufgetaucht.

Sie hatte sich immer ein Kind gewünscht, und so nahm sie den Kleinen als handfesten Beweis von Gottes Güte an, der Bescheid gewusst und ihn nur für sie erschaffen und wenige Schritte von ihrem Haus entfernt abgesetzt hatte.

Da die Lieschen von Natur aus weniger Würde besaßen als die Rosen, die sich kategorisch weigerten, auf der Müllhalde zu gedeihen, vermehrten sie sich zunächst und blühten üppig, bis irgendwann allerdings auch der letzte Steckling nur noch ein dürres Reisig war, das vom Weg entfernt werden musste, bevor El Bacán sich noch die Finger daran stach.

Vor den weißen Blüten stehend, brachte Única El Bacán bei, zu sagen:

»Ich hege eine weiße Rose, im Juni wie im Januar, für den ehrlichen Freund, der mir aufrichtig seine Hand reicht, und für den Grausamen, der mir das Herz aus der Brust reißt, ziehe ich weder Disteln noch Nesseln: Ich hege eine weiße Rose.«

»Wie schön das ist! Oder, Momboñombo? Ich weiß nicht, wer es geschrieben hat, aber er muss gern im Garten gearbeitet haben. Ich hab's El Bacán beigebracht, weil ich nie den Glauben daran verloren habe, dass wir irgendwann unseren Rosenstrauch bekommen, deshalb sage ich immer diese Zeilen auf, und du hast sie El Bacán sicherlich auch schon aufsagen hören, denn wenn man das tut, ist es, als hätten wir den Garten hier. Ich weiß genau, dass der Señor, der das geschrieben hat, auch Gärten dort angelegt hat, wo alle nur ihren Müll entsorgen, denn um ein so schönes Gedicht zu schreiben, muss man seine Rosen und seine Freunde sehr lieben ...«

Aber die Erde wurde trockener, sie starb. Die Müllhalde dehnte sich in dem Maß aus, in dem die Traktoren tiefer und tiefer gruben, um genügend Platz zu schaffen, unwiderruflich. Sogar die Bäume zogen sich zurück und der Boden wurde lehmig und die Luft klebrig.

Die Schildkröte erstickte im Staub, gemeinsam mit den Zierpflanzen und den Blumen, und auch die weißen Lieschen und der Weg gingen darin unter. Und die Welt, ihre Welt, vergilbte und geriet ins Rutschen. Die Küchenschaben vermehrten sich bis ins Unendliche und die Fliegen bildeten einen schwarzen Film, der kaum Sonnenlicht durchließ.

»Dann geht das Leben weiter und man wird alt, was, Momboñombo? El Bacán wird jeden Tag größer, unglaublich! Ich sage ihm immer, dass er sich den Bart abrasieren soll, aber er mag nicht, weil er sich dann schneidet, die Rasierklingen landen ja rostig und stumpf hier, aber das wird jetzt besser, neuerdings stecken sie in diesen kleinen Rasierapparaten ... Arme La Llorona! ... Würde ich El Bacán verlieren, würde ich auch wahnsinnig werden!

Ach, Momboñombo! Du siehst mich so an und du hörst so aufmerksam zu, dass ich am liebsten die ganze Nacht reden würde ... Ich hab schon so lange niemanden mehr zum Reden gehabt, jedenfalls nicht so, nicht in der Nacht, wenn die anderen längst wieder bei sich zu Hause sind ...«

Mondolfo Moya Garro schwieg lange und ausdauernd. Er hörte ihr zu, einer Frau, die wirkte, als wäre sie ganz woanders, während sie die Wand fixierte und über den Garten sprach wie man über die gute alte Zeit spricht, was er ziemlich bewundernswert fand.

»Früher sind wir in der Stadt tauchen gegangen; aber das ist wirklich anstrengend, weil man den ganzen Tag auf den Beinen ist und die Leute einen schief anschauen, sobald sie mitbekommen, dass man die Müllsäcke aufmacht, als würden sie nicht sehen, dass das Abfall ist, als bräuchten sie die Sachen immer noch, nachdem sie sie schon weggeworfen haben! Zu den Männern trauen sie sich nichts zu sagen, aber als Frau wird man überall verscheucht, auch wenn man ein Kind satt kriegen muss. Momboñombo, weißt du, ich bin schon auf den Gedanken gekommen, dass es mit Sachen, die im Müll landen, auch so ist wie mit den Frauen ... Erst finden sie alle toll, wenn sie noch wie neu sind, aber kaum werden sie älter, will sie keiner mehr haben ... Aber so sind die Menschen, deshalb tauche ich lieber nur hier im Müll. Später geht man in die Stadt und verkauft, was man gefunden hat ...«

———— * ————

Einwohner von Río Azul
stellen Regierung ein Ultimatum

»Ul-tiii-maaa-tun, Ultiiii-maaa-tun, Ulti-matun ...«

»Sei still, El Bacán!«

»Oso Carmuco sagt, diese Gerüchte stammen aus einer Zeit, in der die Menschen noch nicht mal im Sitzen geschissen haben.«

»Rede nicht so vor dem Kleinen!«

»Es ist aber so, dass die Leute, die in Río Azul und San Antonio de Desamparados wohnen, die Müllhalde nie in ihrer Nachbarschaft haben wollten, Única, und du weißt, sie haben recht damit!«

»Logisch, sie wohnen ja nicht hier ...!«

———— * ————

Der Dezember war schon ins Land gezogen. Man merkte es am kühler werdenden Wind und dem allmählichen Nachlassen der schwülen Regengüsse der Vormonate.

Die Weihnachtszeit landete wie immer ungeschminkt auf der Müllhalde: als die bunte Kommerzkotze, die sie nun mal ist; aber diese beschissene Zeit im Jahr erwies sich auf ihre Art als großzügig gegenüber der Gemeinschaft der Taucher.

Es ist die Zeit im Jahr, in der die Menschen weniger als gewöhnlich darauf achten, was sie wegwerfen. Zwischen den leeren Blättern der Tamales vom Weihnachtsessen traf jedes Jahr eine unglaubliche Vielzahl an Dingen ein, darunter verschiedenstes Besteck, ob teuer oder billig, und sogar ein Gebiss, das sich ein Taucher wie eine Kriegstrophäe um den Hals hängte. Genügend Geschenkpapier, um die ganze Müllhalde einzuwickeln und ihren wahren Besitzern zurückzugeben, und nicht immer war es lediglich Papier; manchmal war selbst das Geschenk noch darin, als hätte sich jemand die großen Augen des Tauchers vorgestellt, der es finden würde. Wie groß waren die Augen erst, wenn es sich bei dem Taucher um ein Kind handelte, in dessen Händen das für alle Zeit verlorene Geschenk wieder zum Leben erweckt wurde und ihm kurz das Gefühl gab, dass doch nicht alles im Leben scheiße war. Aber eine so wertvolle Beute landete nur selten in Kinderhänden. Im Allgemeinen wurden solche Waren vom geschulten Auge der erwachsenen Taucher blitzschnell identifiziert und das verlorene Geschenk landete kurzerhand bei einem Pfandleiher in der Stadt.

Im Dezember beschleicht die Menschen ein merkwürdiges Gefühl, alle, auch die »Un-Menschen«, diejenigen, die vom Unrat leben, vom Unbrauchbaren, Unbeachteten, Ungenügenden, Ungewollten, Unbenutzten – jene Unglücklichen, denen Mondolfo Moya Garro sich unter seinem ungewöhnlichen Pseudonym angeschlossen hatte, um mit aller Kraft so zu tun, als ob dieses Leben es wert sei, gelebt zu werden, trotz aller Ungleichheit. Diese etwas konservative Haltung stellte mehr als nur ein Taucher in Frage, und hin und wieder wurde er dafür auch angegriffen:

»Ach was? Das Leben ist etwas wert? Momboñombo, sei nicht kindisch. Das Leben ist eine Strafe.«

Und der Alte raufte sich die Haare und suchte nach Argumenten, aber alles, was ihm in den Sinn kam, hätte ihm eher dabei geholfen, wissenschaftlich zu belegen, dass Armut die größte Scheiße war, die je erfunden wurde, als dabei, seinem Gesprächspartner aufzuzeigen, dass man sich versündigte, wenn man vom Leben als einer Strafe sprach.

Mondolfo Moya Garro konnte sich nicht mehr erinnern, wie lange es her war, dass er unter die Verwerter von Biomüll gegangen war, auch weil Zeit für ihn immer weniger bedeutete. Er hatte sogar El Bacán seine Armbanduhr geschenkt (das einzige seiner Besitztümer, das nicht beim Pfandleiher gelandet war), sich aber nicht die Mühe gemacht, ihm das Ablesen beizubringen, und auch El Bacán hatte nicht nachgefragt, warum die Zeiger sich bei dem faszinierenden Spielzeug immer und immer weiter ziellos im Kreis drehten.

Dieses Jahr gab es auf der Müllhalde schon früh Bescherung. In den ersten Dezembertagen wurde das Gelände in Río Azul zum »Schutzgebiet« erklärt, wurden die vierundsechzig Hektar dem Cerro de la Carpintería zugeteilt, wodurch das Gelände einen so hohen Status bekam wie noch nie und sogar die gesetzlichen Waldschutzauflagen galten. Die Taucher hätten es nicht mitbekommen, hätte Mondolfo Moya Garro die Neuigkeit nicht zufällig in einer Zeitung entdeckt, die fürs Feuer bestimmt war, aber nicht wegen ihres zweifellos zu verurteilenden Inhalts, sondern um das Abendessen zu kochen.

»Was sind Waldschutzauflagen?«

Eine Frage, die der Alte schon hatte kommen sehen.

»Hier steht, dass das Gebiet jetzt geschützt ist.«

»Wovor denn?«

»Also ... niemand darf mehr unerlaubt Bäume fällen ...«

»Aber hier stehen keine Bäume!«

»Also ... dann darf niemand mehr kommen und Tiere töten ...«

Única machte ein ernstes Gesicht. Sie dachte eine Weile schweigend nach, bevor sie schlussfolgerte:

»Zum Glück darf niemand mehr kommen und Geier, Ratten und Schaben töten, das sind auch Geschöpfe Gottes!«

Da Ironie bei Única etwas Ungewöhnliches war, nickte Mondolfo ergeben, wenn auch nicht ganz überzeugt, weil sie ein leises Kichern nicht unterdrücken konnte, als sie die Zeitung, die nichts anderes verdient hatte, den Flammen überließ.

Die Tageszeitungen berichteten jedoch schon seit über einem Monat über die unzufriedenen Menschen aus der Nachbarschaft der Müllhalde und die Straßenblockaden, mit denen sie gegen zwanzig Jahre Untätigkeit der Regierung protestierten. Es hatte schon einmal eine Blockade der Zufahrtsstraße zur Müllhalde dazu geführt, dass sich der Müll in den Straßen von San José gestapelt hatte.

Müllberge –
Einwohner von Río Azul
drohen mit Verlängerung der Blockade

Fotos in knalligen Farben ... Menschen, die im Zentrum der Hauptstadt über Abfallhaufen sprangen. Menschen mit zugehaltener Nase, die genug von all dem Schmutz hatten.

Mondolfo zeigte Única das Foto und ihr wurde klar, warum der Zustrom der Müllwagen zur Müllhalde nachgelassen hatte.

»Zum Glück! Ich war schon erschrocken ...«

Mondolfo war sonnenklar, warum Única das erleichterte; früher war er selbst einer von denen gewesen, die sich die Nase zuhalten, wenn es nach Müll riecht.

»Aber ja! Für die Leute existiert der Müll nur, wenn er anfängt, sie zu stören.«

———— * ————

Die Einwohner von Río Azul und San Antonio de Desamparados drohten der Regierung damit, die Zufahrt zur Müllhalde am 31. Dezember endgültig zu blockieren. Der Streit, fast so alt wie die Deponie selbst, war nie so erbittert geführt worden wie jetzt, da sie nicht noch größere Müllmengen aufnehmen konnte. Die Menschen aus der Nachbarschaft hatten mit ihrer Forderung nach einer sofortigen Schließung mehr als recht.

»Jesus, Maria und Josef, und wohin damit?«

»Das ist die Preisfrage. Es gibt nirgends Platz für eine neue Müllhalde. Die Leute sind weniger dumm als die Regierung denkt. Niemand will eine Müllhalde dieser Größenordnung bei sich um die Ecke haben. Sie sollte nach La Uruca verlegt werden. Sofort haben die Leute den Teufel an die Wand gemalt und gesagt, dass dort das Hospital México und der Vergnügungspark liegen ... keine Ahnung, dort liegt ja wirklich alles Mögliche. Die Regierung weiß einfach nicht wohin mit diesem Scheißhaufen. Única, die Leute aus der Nachbarschaft haben recht.«

»Meinetwegen, aber sprich doch nicht so von dem Ort, an dem wir leben.«

Weil sie mit der Erklärung zum »Schutzgebiet« nicht zufrieden waren, hielten die Einwohner von Río Azul das Ultimatum aufrecht.

Die Regierung ihrerseits füllte die Nikolaustüte mit immer weiteren Gaben und schlug sogar vor, die Müllhalde in ein anderes Stadtviertel oder gleich in eine andere Region zu verlegen.

»Was steht denn heute in der Zeitung von gestern, Momboñombo?«

»Dass sich aus dem Müllproblem nachteilige externe Effekte ergeben.«

»Du meine Güte! Und was soll das heißen?«

»Weiß der Teufel!«

»Was sollen wir dann nur tun, Momboñombo? Wovon sollen wir dann nur leben?«

Diese Frage nahm in Mondolfos Kopf immer beängstigendere Dimensionen an. Ständig wollte er mit den Tauchern darüber reden, erreichte aber nichts anderes, als dass sie über sein sorgenvolles Gesicht lachten. Er war kein Taucher, er war ein gescheiterter Selbstmörder, der keine Sekunde lang riskieren wollte, dass ihm der neue Sinn seines Lebens wieder entrissen werden würde. Er wagte sich trotzdem noch nicht einzugestehen, wie sehr ihm die Müllhalde – samt ihrer Bewohner – schon ans Herz gewachsen war.

Die Taucher ihrerseits, die echten Taucher, die vor vielen Jahren seelisch ausgehöhlt auf der Müllhalde gelandet und nun bis oben hin voll Müll waren; diese echten Taucher konnten nicht nachvollziehen, dass Mondolfo sich sorgte. Sie waren es gewohnt, von der Hand in den Mund zu leben; sie waren auch nicht wie Única, die sich in all den Jahren ihren Anstand nicht hatte abgewöhnen können und sich noch immer für familiäre Strukturen in der Gemeinschaft einsetzte. Sie machten sich keine Sorgen, da sie das Problem nicht verstanden und auch nicht verstehen wollten; mehr noch, das Thema begann sie zu langweilen, weshalb sie weiter nichts unternahmen, als den Alten auszulachen. Trotz alledem trafen sie sich wie immer gegen Abend bei Única und brachten etwas für das gemeinsame Mahl mit. Beim Essen saßen sie zusammen wie von einem archaischen Familienbild geleitet, das wie bei einem Haushund, der mit den Hinterpfoten auf dem Boden kratzt und gar nicht wirklich versucht, seine Exkremente zu vergraben, nur mehr eine rudimentäre Geste war.

Die Taucher verstanden beim besten Willen nicht, was dem Kerl solche schlaflosen Nächte bereitete.

»Aber, aber! Die Leute reden doch nur …«

»Die werden hier nie zumachen, Opa, überleg doch mal, wo sollen sie dann den ganzen Müll hinbringen …?«

»Gut, aber wenn doch, was dann?«

»Wenn doch? Nichts, wenn sie hier zumachen, gehen wir eben dorthin, wo sie aufmachen.«

»Und wenn wir da nicht reindürfen?«

»Opa, rede keinen Unsinn! Na sicher werden wir reindürfen. Es ist immer dasselbe, zuerst heißt es, dass wir nicht reingelassen werden; und dann dürfen wir doch immer rein. Und jetzt hör auf, dich deshalb fertigzumachen.«

Und so endeten alle Versuche Mondolfos, Bewusstsein bei den Tauchern zu schaffen. Kurz gesagt wollte er von ihnen, dass sie ihn, wenn sie ihn schon vor dem Tod bewahrt hatten, nicht ausgerechnet jetzt vor die Hunde gehen ließen, wo er gerade wieder Gefallen am Leben gefunden hatte.

Die Einwohner Río Azuls blockierten die Straßen, um die Zufahrt der Müllwagen zur Müllhalde zu verhindern. Die Polizei ihrerseits schickte bewaffnete Einsatzeinheiten, um die Durchfahrt wieder zu ermöglichen.

Die Einwohner verbrannten Autoreifen und die Polizei setzte Tränengas und weitere Argumente dieser Art ein, bis das Stadtviertel schließlich erreichte, dass die Regierung zu einem Dialog bereit war.

Der Präsident von Costa Rica persönlich, Don Junior María Caldegueres, traf sich mit den Bürgervertretern der angrenzenden Stadtviertel; erst brachte er ihnen Feingebäck zum Kaffee mit und dann brachte er sie dazu, alles Weitere mit dem Präsidentschaftsminister zu verhandeln.

An dem Tag stand Mondolfo früher als gewöhnlich auf. Er putzte sich gründlich die Zähne, bürstete sein altes Jackett so gut es ging aus und saß dann da und wartete auf den Beginn der Sitzung, um die Taucher zu vertreten.

»Natürlich werden sie mich reinlassen, Única, ich habe zu Revolutionszeiten sogar den alten Caldegueres kennengelernt. Wenn ich Junior María sage, dass sein Vati und ich befreundet waren, lässt er mich natürlich rein.«

»Also, dass der alte Caldegueres und du befreundet waren ...! Das glaube ja nicht einmal ich dir, und ich glaube dir fast alles.«

Der Präsidentschaftsminister bat um einige Monate Aufschub, um die Angelegenheit mit dem Standort für die neue Deponie zu klären. Die Nachbarschaft drängte auf eine Schließung der Müllhalde bis spätestens 31. Dezember.

»Ein paar Riesen mit dunklen Sonnenbrillen haben mich nicht zum Präsidenten vorgelassen, aber Única, wenn er mich gesehen hätte ...«

Die Einwohner von Atenas waren höchst alarmiert, da Atenas als mögliches neues Lager für den gesamten Müll der Gran Área Metropolitana gehandelt wurde. Die »Athener« drohten mit einem neuen trojanischen Krieg, wenn diese wirklich versuchen sollte, die Deponie bei ihnen anzusiedeln, und die Regierung versicherte ihnen, dass es sich um eine Modelldeponie handeln würde, wie man sie in ganz Lateinamerika noch nicht gesehen hatte; eine Müllhalde mit Spitzentechnologie, so wie in den USA, wo selbst die Ratten mit Messer und Gabel essen.

»Sie werden hier zumachen, ja, das werden sie ...«, wiederholte Mondolfo Moya Garro unermüdlich, sobald ihm ein Taucher für eine Minute seine Aufmerksamkeit schenkte; aber nur für maximal eine Minute, denn die Taucher konnten sich nicht länger auf etwas konzentrieren, das für sie nicht von unmittelbarem Interesse war.

Während es aufgrund der gespenstischen Vorstellung von der Schließung der Müllhalde in dem Alten immer mehr brodelte, ging er weiterhin Schulter an Schulter mit Única und manchmal auch El Bacán tauchen. »Única sieht irgendwie schlecht aus«, dachte er bei sich, wenn er sie gedankenverloren betrachtete ... Die letzten Regenschauer des Jahres, die alles und jeden unvorbereitet treffen, trieften ihr aus dem strähnigen, ergrauten Haar und liefen ihr die nackten Arme hinunter bis zu den fingerlosen Handschuhen, die sie einmal irgendwo gefunden hatte und die von da an zu ihrer Tauchausrüstung gehörten.

»Ach, Momboñombo, sieh mich nicht so verstohlen an, an meinem Gesicht ist doch nichts Besonderes!«

So sprach sie, leicht errötend, mit einem verschmitzten kleinen Lächeln, das ihn kurz zur Ruhe kommen ließ, etwas, wonach er sich schon so gesehnt hatte, und es war, als wäre in dieser Sekunde der Lärm der Traktoren verstummt und als hätte sich der faulige Geruch verzogen; es schien plötzlich aufzuklaren. Ihr verschwörerisches Lächeln war wie eine Portion gute Laune. Doch die Atempause dauerte nur einen Augenblick an; und schon nahmen die beiden Alten ihre Arbeit wieder auf.

»Immer schön die Last gemeinsam schultern, wie zwei Ochsen im Gespann«, so, predigte Única, sollte man arbeiten.

Solche verzauberten Momente wurden meist jäh unterbrochen, wenn durch den Spiegel ein neuer Müllwagen in jenes verdrehte Wunderland kam und sich Taucher um ihn scharten so wie Möwen um einen Fischkutter. Die Matrosen vom städtischen Asphaltmeer leerten zwischen den verlotterten, kreischenden und mit den Flügeln schlagenden Möwen ihre prallen Netze aus. Eine Möwe hackte den Schnabel in ein Beutestück und stob damit davon, wurde aber gleich von einer größeren eingeholt, und die beiden balgten sich auf dem Boden, bis der Sieger schließlich mit der in ungleichem Kampf ergatterten Beute davonflog. Sobald der Kutter leer war, gab sein Kapitän Anweisung, den Anker zu lichten und fuhr mit dem Heck voran in Richtung anderer Häfen davon.

Sie sahen El Bacán im Müll sitzen und wie verrückt heulen. Ein unfreundlicher Taucher hatte ihm etwas entrissen, was genau, konnte er nicht sagen, und auch nicht, warum er es so gerne haben wollte. Única nahm einen Besenstiel und ging los, um es mit dem Räuber aufzunehmen. In ihrem Alter und bei dem ungewöhnlichen Respekt, den sie auf der Müllhalde genoss, konnte sie der großen Möwe eine Lektion mit dem Stock erteilen und trotzdem heil nach Hause kommen. Das Telefon, das El Bacán im Müll gefunden hatte, war allerdings schwer lädiert. Der Junge hörte auf zu weinen.

»Nächstes Mal überlässt du das mir«, sagte Mondolfo, als sie abends unter sich waren, salbungsvoll zu Única. Er sagte es im Brustton männlicher Überzeugung, und auch wenn es unglaubwürdig war, bedankte Única sich für seine Worte; wenn auch nur aus Höflichkeit, denn eine Frau, die dem Schicksal über zwei Jahrzehnte lang immer wieder mal eine Lektion mit dem Stock erteilt hatte, wartete nicht auf einen weißen Ritter, der kam, um sie zu verteidigen. Was Única ihm aber dankte, war seine Solidarität, die sich mit keinem Geld der Welt kaufen ließ.

»Soli-larität, Soli Larität, Soli-lari-tät, Soli-larität ...«

»Mist, jetzt ist El Bacán aufgewacht!«

--- * ---

»Und wenn wir mit den Leuten aus der Nachbarschaft reden, Única?«

»Worüber denn?«

»Was soll das heißen: worüber denn? Worüber wohl, junge Dame! Über die Schließung der Müllhalde ... Wenn wir uns mit den Leuten aus der Nachbarschaft verbünden?«

»Wie bitte?«

»Wenn wir uns mit ihnen verbünden, wenn wir ein Bündnis schließen ...«

»Aha, ein Bündnis also! ... weißt du, so etwas habe ich nicht mehr gehört, seit sie mir verboten haben, zur Sonntagsmesse zu kommen.«

»Wenn wir ihnen anbieten, sie beim Rechtsstreit um die Schließung der Müllhalde zu unterstützen ...«

»Jetzt bist du endgültig verrückt geworden, Momboñombo! Wenn die Müllhalde geschlossen wird – was sollen wir dann nur tun?«

»Darum geht es ja, wenn wir keine Arbeit mehr haben, wird die Regierung sehen müssen, was sie mit uns macht. Hör zu, wir gehen einfach zum nächsten Termin mit dem Präsidentschaftsminister und sagen, dass wir einverstanden sind, dass sie diesen Scheißhaufen zumachen sollen; dass wir aber nicht ohne Handwerk und Einkommen bleiben können und deshalb ihre Hilfe brauchen. Und dann sagen wir noch, dass wir auch Rechte haben und ja nicht hier leben, weil wir die Fliegen und den Gestank so schön finden und uns nichts Besseres einfällt, als Müll zu durchwühlen. Ich kann irgendwo als Wächter arbeiten und du als Lehrerin, und allen, die nichts können, werden sie eben was beibringen müssen ... irgendwas, und ...«

Única hätte nie gedacht, dass sie, obwohl sie von all dem Leiden schon eine harte Schale bekommen hatte, so mühelos dahinschmelzen könnte, nur weil sie die Phantastereien dieses guten Mannes hörte. Getroffen von einem plötzlichen Stich ins Herz sank sie in eine klebrige Schlaftrunkenheit. Nur wenige Minuten später schnarchte sie, als könnten Träume noch wahr werden.

Der Alte schlief kurz nach ihr ein, überzeugt davon, eine Lösung gefunden zu haben.

El Bacán schlief schon seit geraumer Zeit, an das wiedererlangte Telefon geschmiegt, als wäre es ein Teddybär und kein unnützes Ding, kein trauriges Omen für die Zukunft der Telekommunikation des Landes.

Und die gesamte Müllhalde lag wie erschlagen da nach einem weiteren ungleichen Kampf ... nach einem weiteren Tag unfruchtbarer Arbeit.

Die Taucher schliefen, die Fliegen auch und selbst die Ratten und Geier. Die Traktoren schliefen und auch der ganze Müll schlief in seinem todbringenden Saft. Und im Schlaf waren alle gleich, ob Ratte oder ob Mensch.

Die Leute aus der Gegend von Río Azul hatten, und das nicht ohne triftige Gründe, genug von den Tauchern. Und tatsächlich enthielt ihre Übereinkunft mit der Regierung die Bestimmung, dass nach der Schließung der Müllhalde keine illegale Landnahme mehr erlaubt und das Areal als »Waldschutzgebiet« deklariert und saniert werden sollte. Auch wenn die Bibel verkündet »denn die Armen habt ihr allezeit bei euch«, mochte vor Ort niemand mehr hinnehmen, dass die Taucher da waren, um die Häuser schlichen, Müll stahlen und mit ihren apokalyptischen Gesichtern und jämmerlichen Lumpengestalten die Gegend verschandelten. Schließlich ist die Bevölkerung nicht schuld an der Armut ... oder doch?

Auf Mondolfos Idee, sich zu verbünden, wäre nicht einmal Mutter Teresa gekommen. Das Stadtviertel Río Azul kämpfte wie ein Löwe, um sich endlich den infamen Berg mitsamt seiner ganzen Fauna vom Hals zu schaffen.

Die Argumentation war simpel und stets dieselbe: »Warum in Gottes Namen soll ein Viertel die ganze Last tragen, wenn alle den Müll produzieren?« So einfach war es.

Wieder stand Mondolfo »zeitig mit den Hühnern auf«, wie Caldegueres senior es gern formuliert hatte; putzte sich gründlich die Zähne und stieg den Hügel hinunter, um die Vertreter der Menschen aus den Stadtvierteln aufzusuchen; aber als wäre es vom Schicksal vorherbestimmt, hörten sie ihm nicht zu. Sie sahen in ihm nur einen zerlumpten Taucher, der unverständlich vor sich hin brabbelte.

»Sie haben mich keines Blickes gewürdigt.«

Auf ihre Weise hatte Única den guten Mann davor gewarnt, weil sie die Folgen einer solchen Zurückweisung für seinen Gemütszustand schon vorhergesehen hatte.

»Ich kann es ihnen nicht verdenken ... sie haben ja recht damit.«

Tief getroffen, entmutigt und mit wässrigen Augen trat er den Rückweg an und erzählte es jedem, der das Pech hatte, ihm über den Weg zu laufen.

»Ich hätte bestimmt auch so reagiert, wenn ich ein anderes Los gezogen hätte.«

Die Taucher hörten sich das dreißig Sekunden lang an, aber dann fiel ihnen wieder ein, dass der Alte, wie sie fanden, nicht ganz richtig im Kopf war.

»Es sind nicht alle Taucher anständig, das will ich auch gar nicht behaupten ...«

»Die Taucher sind eine Landplage«, sagten die Bürgervertreter der benachbarten Stadtviertel zum Präsidentschaftsminister. »Sie rufen den Mädchen in der Nachbarschaft unanständige Dinge nach, sie stehlen, was sie in die Finger kriegen, sie reißen Müllsäcke auf, urinieren an die Wände ...

Mondolfo hatte gar nicht bemerkt, dass Sonntag war. Die Einwohner von Río Azul waren alle zu Hause, die Türen standen offen und fast überall hörte man im Radio die heilige Fußballübertragung in exzessiver Lautstärke. Der Alte nahm die »Tor«-Rufe, lauter als jedes Halleluja, mit allen fünf Sinnen wahr.

Er blieb stehen. Wie von selbst breitete sich auf seinem Gesicht das verschwörerische Lächeln aus, an dem Fußballfans einander erkennen, auch wenn sie sich noch nie begegnet sind. Er lächelte über eine Freude aus der Vergangenheit. Er war ein Anderer und hatte so gute Laune wie seit Monaten nicht mehr.

Der Fußball kennt keine Unterschiede zwischen den Fans in seiner Gefolgschaft ... Mit der größten Selbstverständlichkeit näherte Mondolfo sich der Tür, aus der der erlösende Schrei des Radiokommentators gekommen war. Eine Gruppe Männer, die sich an ihrem Bier festhielten, war gerade noch am Feiern, als plötzlich ...

»Wie steht es denn, Leute ...?«

Ihm wurde die Tür vor der Nase zugeschlagen.

Es gab noch etwas Schlimmeres als die Tatsache, dass das Bündnis gescheitert war, nämlich es nicht einmal wert zu sein, dass man ihm verdammt nochmal sagte, wie das scheiß Spiel stand, ein Spiel, das keines seiner Probleme lösen konnte, das seine Seele aber kurz erfreut hatte, törichterweise – aber die Seele ist eben töricht.

Ein weiteres Nein war in seinem Leben ein winziges Glied in einer Kette aus Ablehnungen. Aber es nicht einmal wert zu sein, dass man ihm sagte, wer gegen wen spielte oder wie es stand ...

»Diese Wichser!«

Nichts war ihm vergönnt, nicht einmal die beruhigende Medizin des Fußballs.

»Was hätte es sie denn gekostet?«

Alle, aber auch alle Fußballspiele, die er im Lauf seines langen Lebens gesehen oder gehört hatte, steckten ihm nun wie ein Kloß im Hals. Alle, aber auch alle verdammten Tore, nach denen er gelitten oder gefeiert hatte, alle Stunden, die er der minutiösen Lektüre von Zeitungsartikeln zu dem Thema gewidmet hatte, steckten nun woanders fest und sorgten dort für Verstopfung.

Tausende Männer, die tausende Bälle treten, haufenweise Menschen, die auf den Rängen toben; Urinbeutel, Pommes, die scheiß Welle zum Zeichen der Fan-Verbrüderung, obszöne Fußballer-Gruppenposen bei jedem Treffer, Streitereien vor dem Stadion, gewaltbereite Fans, hier ein Schuss aus einer Pistole, da ein Toter ... Ausrastende Sprecher, die bezeugen, was ohnehin jeder sehen kann, Bataillone böser Schiedsrichter, die trillernd einen Höllenmarsch intonieren.

Und dann Autoparaden auf den Straßen, um jenes Tor zu feiern, das einmal im Ausland gefallen war, ein Erbe, auf das auch noch die Nachwelt stolz sein würde; und der Präsident von Costa Rica tanzte an einem Werktag, den man wegen eines Tors plötzlich zum Feiertag erklärt hatte, auf der Straße; ganze Waldstriche wurden zu Zeitungspapier verarbeitet, um die alte Geschichte von David und Goliath neu zu erzählen, weil wir einem der Großen einen richtigen Arschtritt verpasst hatten, wir – ja, genau, wir! – und jetzt sollte die Welt zu uns aufschauen, der jahrhundertealten Demokratie; wir waren nicht nur gut aussehend, es steckte auch eine Menge in uns. »Nehmt das, ihr Luschen!«, rief Junior María Caldegueres, und seine Sünden wurden ihm vergeben, seine Seele wurde gerettet und er erhielt das ewige Leben. Doch während Goliath noch heulte – ich will hier raus, wie kann die Welt sich nur weiterdrehen –, weil es ihm so peinlich war, wurde David ohne Vaseline ein neues Steuerpaket reingedrückt, das er trotz Stein und Schleuder nicht mehr loswerden würde. Und Mondolfo Moya Garro stand damals mitten im Parque Central und weinte vor Dankbarkeit, weil nun alle Brüder waren und wir nun im Plural von uns redeten und die ganze Welt auf uns schaute und man uns fast nicht mehr anmerkte, dass wir aus der Dritten Welt waren, und die Schotten sollten scheißen gehen, denn wir hatten ihnen einen Arschtritt sondergleichen verpasst ... »Ein verdammtes Riesen-Scheiß-Tor haben wir ihnen reingetreten, da, wo es gleich doppelt wehtut.« Und auf wundersame Weise verwandelte sich Wasser in Zuckerrohrschnaps, vermehrte sich die knusprige Schweinehaut und am nächsten Tag nach dieser Gottwerdung Luis Gabelo Conejos im Tor der Nationalmannschaft war das ganze Land verkatert, und ...

»Und die schlagen mir einfach die Tür vor der Nase zu!«

Das war zu viel, er brach mitten auf der Straße zusammen und wurde wieder von ein paar Tauchern aufgelesen, die ihn auf ihren Armen zurück in sein Zuhause trugen.

Únicas schleudersicheres Herz legte eine Vollbremsung hin, als sie den Alten so sah, bleich wie der Auferstandene, auf Händen getragen von den anderen. Sie rieben ihm den Nacken mit Alkohol ein, lockerten seine Kleidung, damit er leichter atmete, gaben El Bacán gesalzenes Wasser zu trinken, damit er sich vom Schrecken erholte, und sorgten alle zusammen mit Geschrei und Ohrfeigen dafür, dass der Alte wieder zu sich kam. Es brauchte eine ganze Weile, bis er die kleine Müllhalde in seinem Oberstübchen wieder sortiert hatte.

Als er sich von dem Zwischenfall wieder erholt hatte, konnte er vom gescheiterten Bündnis berichten, aber von allem anderen war nur ein weißes Rauschen geblieben ... er hatte ein für alle Mal vergessen, dass er ein Fußballfan gewesen war.

Zu Mittag gab es Fleischeintopf mit Gemüse.

Jeden Sonntag kletterten Única und El Bacán beim ersten Sonnenstrahl den Hügel hinunter zum Bauernmarkt von Desamparados.

»Es gibt überall gute Menschen, nicht wahr, El Bacán?«

Sie hatte zwei große, er zwei kleine Tüten dabei.

»Die Händler wissen, dass sie nicht alles verkaufen können … und weil sie vom Land sind, sind sie gegen jede Verschwendung, gerade von Lebensmitteln.«

Von Händler zu Händler, von Stand zu Stand.

»Bitte um eine milde Gabe!«

»Hier, nehmen Sie, Doña Única, aber schicken Sie diesen Strolch arbeiten!«

»Unerhört! Er ist doch noch so klein!«

Von Sonntag zu Sonntag.

»Diese Papaya, ja die, die überreife! Gott vergelt's!«

Von Demütigung zu Demütigung.

Gegen Mittag drehten sie eine weitere Runde auf dem Markt und hoben alles vom Boden auf, was dort lag, Gemüse, das schlecht geworden war oder das jemand fallen gelassen hatte, alles, was sie fanden.

Bei den Tauchern kam das Fleisch auf dem Tisch von einer der letzten Metzgereien aus Zeiten der Hackbeile und käsigen Metzgermeister, aus einem Laden, der nicht aufstrebend und nicht zukunftsträchtig und nicht wettbewerbsorientiert war, in dem keine elektrischen Sägen die Knochen schnitten und keine elektrischen Fleischwölfe das Fleisch zerkleinerten. Es war die letzte Metzgerei in San Antonio de Desamparados, in der noch von Hand geschlachtet wurde, und gewissermaßen der letzte echte Metzgermeister. Dieser schenkte Única jene Teile vom Rind, die keinen Namen trugen, Reste, die nicht einmal ein Gerichtsmediziner zuordnen könnte, die im gemeinschaftlichen Topf auf der Müllhalde aber einfach wieder zu Fleisch wurden.

Der Rest des Sonntags verging, ohne dass weitere Neuigkeiten die beunruhigende Stille des arbeitsfreien Tags durchbrachen. Die Traktoren ruhten sich müde am Fuß des Hügels aus und die Müllwagen schliefen in ihren Heimatbezirken.

Nur die Fliegen hielten mit tausenden und abertausenden schlagenden Flügeln die Routine aufrecht; und über ihnen, wie verfluchte Engel, die jemand ans Himmelszelt genäht hatte, die treuen Geier.

Die Taucher, die selbst nicht auf der Müllhalde lebten, verschwanden sogar aus der Erinnerung der hier ansässigen. Die Stadt nahm sie auf und ließ sie wie Scheintote auf den Gehwegen schlafen, in ihre riesigen Plastiksäcke gehüllt, wie große verpuppte Larven einer aussterbenden Spezies.

Mondolfo, noch immer etwas blass, fiel an jenem Tag die Stille auf, das fehlende Rauschen des Müllmeers, der ferne Wind in den Baumkronen an jener verkrusteten Küste. Er erinnerte sich dunkel an frühere Sonntage.

»Ich habe solche Lust auf ein Bier.«

»Bier haben wir hier wirklich nicht.«

»Und wenn ich Gott um eines bitte?«

»Wenn Gott auf die Idee käme, Bier zu verteilen, würde überhaupt niemand arbeiten gehen!«

»Kann uns doch egal sein, ob die Leute arbeiten gehen oder nicht.«

»Das stimmt doch nicht! Wenn die Leute nicht arbeiten, haben sie nichts wegzuwerfen und wir nichts zum Essen.«

In diesem Jahr wurde El Bacáns Geburtstag Mitte Dezember gefeiert.

»Was ist denn das? Hat er nicht wie alle anderen immer im selben Monat Geburtstag?«

»Nein! Er ist ja auch nicht wie alle anderen!«

Sie feierten immer an einem anderen beliebigen Tag, weil niemand sagen konnte, an welchem Tag und in welchem Monat El Bacán zur Welt gekommen war.

»So werden wir schon irgendwann das richtige Datum erwischen, stimmt's, El Bacán?«

Die Vorbereitungen gingen am Vortag los und Única fand irgendwie die Zeit, aus Zeitungspapier Partyhütchen zu basteln. Von ihren Ersparnissen, niemand konnte sich erklären, woher sie kamen, kaufte sie Süßigkeiten für die Kinder und Zuckerrohrschnaps für die Erwachsenen.

»Aber nicht zu viel, wir müssen später noch arbeiten!«

Am Tag des Fests stand Única früher auf als sonst, machte Wasser heiß und schliff ihre Schere mit einem Schleifstein, von dem sie nicht sagen konnte, woher sie ihn eigentlich hatte. Als El Bacán aufwachte und die Vorbereitungen bemerkte, freute er sich so sehr, dass sich schon allein dafür der Aufwand lohnte. Er fragte nie, wie alt er eigentlich wurde. Er nahm immer an, dass er sieben wurde. Das Tuch auf seinem Kopf wurde mühselig entknotet und abgenommen, sodass ihm die verfilzten Haarsträhnen in die Stirn hingen. Única zog ihn aus und setzte ihn in einen Waschzuber. In einem kleinen Behältnis löste sie Pulver aus einer Tüte auf, in der sie die Waschmittel- und Seifenreste sammelte, die sie aus weggeworfenen Verpackungen schüttelte; dann tauchte sie ein Stück Schwammkürbis ein und machte sich daran, dem Jungen den Kopf zu waschen und ihm Haupthaar und Bart einzuschäumen.

»Zum Teufel, er ist doch schon groß genug!«

»Momboñombo, lass das, bring ihn nicht auf solche Gedanken!«

Nachdem Única ihm Strähne für Strähne die Haare geschnitten hatte, sah El Bacán wieder aus wie der kleine Junge, dessen Erinnerung und Bild sie in ihrem Herzen bewahrte. Ohne Bart wirkte El Bacán wieder ganz wie ein Siebenjähriger, aber eher wegen seines Gesichtsausdrucks als wegen seines tatsächlichen Aussehens, und besonders dann, wenn er – nicht grundlos – Rotz und Wasser heulte, weil ihm wieder einmal Seifenwasser in die Augen kam.

»Hör auf zu weinen, verdammt! Oder willst du, dass Momboñombo das sieht?«

Und da bemerkte Mondolfo, dass er wie selbstverständlich bei El Bacáns Schönheitsritual zugesehen hatte, als wäre es das erste Bad eines Säuglings. Er schämte sich; aber er blieb, weil Única ihn darum bat und der Junge dann braver war.

Die Seife rann El Bacán über die behaarte Brust und man sah immer mehr von seinem Gesicht. Der Junge spielte mit dem Telefon, das er ein ums andere Mal in den Waschzuber tauchte, während Única den Schmutz bekämpfte, der sich überall, an Armen und Beinen, am Hals, hinter den Ohren, zwischen den Pobacken und auch sonst auf jedem Millimeter seines Körpers befand, weil die Essenz der Mülldeponie ihn durchdrang und schon fast völlig von ihm Besitz ergriffen hatte.

»Schön sauber und rein, sagt meine Mamaaa, wird man länger gesund sein, das ist ja klaaar ...« So sangen sie nach getaner Arbeit im Chor und El Bacán sah vom Abreiben mit dem Schwammkürbis so rosig aus wie ein Neugeborenes. Wenige Stunden später nahm seine Haut schon wieder die natürliche Farbe eines Müllhaldenbewohners an, und nach zwei Wochen hatte auch der Bart wieder an Boden gewonnen.

»Zum Gebuuuuuuuuurtstag viel Glüüüüüüüüück! Zum Gebuuuuuuuuurtstag viel Glüüüüüüüüück! Zum Gebuuuuuuuurtstag lieber El Bacááááán, zum Gebuuuuuuuuuurtstag viel Glüüüü-üüüüück ...«

»Ich danke euch und Mama Única für meine Geburtstagsfeier ...«

Die Kinder von der Müllhalde wunderten sich jedes Mal aufs Neue, was da los war. Völlig unerwartet lud Única sie an irgendeinem Tag wenige Minuten vor dem Fest ein.

Wenn El Bacáns Geburtstag wenige Tage vor Weihnachten gefeiert wurde, lief es für ihn immer besonders gut, weil zu dieser Zeit mit dem üblichen Abfall auch die alten Spielsachen auf der Müllhalde landeten; Dinge, die die Kindern hier, die nicht auf dem Laufenden waren, jedes Mal bizarrer fanden; Transformer-Autos, die sich in tödliche Waffen verwandelten, um die Erde zu verwüsten, Cyborg-Soldaten mit in die Körper integrierten Waffen, Cyborg-Hunde, Kampfflugzeuge mit künstlicher Intelligenz ... ein Miniaturkrieg aus dem Müllsack, den die Erwachsenen für El Bacán einsammelten, nicht weil ihnen sein Geburtstag so am Herzen lag, sondern weil ihnen auf der Feier jedes Geschenk einen Zuckerrohrschnaps für sie selbst oder etwas Süßes für ein anderes Kind einbrachte.

Die Müllhaldenkinder versuchten sich mit solchen Spielsachen einigermaßen vertraut zu machen, indem sie sie in den Schaufenstern der Stadt beäugten. Sie kamen aber gar nicht auf die Idee, dass sie einmal selbst so etwas besitzen könnten.

Alle übrigen Rituale hatten in Únicas biologischem Kalender einen festen Platz. Ihr Körper erinnerte sich an Daten, die ihr Kopf vergessen hatte, den Todestag ihrer Mutter, Don Conces und so vieler anderer, die schon verstorben waren und zu deren Gedenken sie verlässlich an diesen Tagen Abendmessen lesen ließ, für die sie Oso Carmuco bezahlte, der sich nach seinem Tageswerk in die Soutane hüllte und mehr schlecht als recht sein Priesteramt versah; was ihn nicht davon abhielt, danach La Llorona zu sich mitzunehmen und in ihrem warmen Schoß Erleichterung zu suchen.

»Du fühlst dich so gut an, La Llorona!«

Sie antwortete nicht, aber wenn sie beim Orgasmus ein Schauer überkam, mündete dieser in unzähligen lautlosen Tränen. Und Oso Carmuco fing diese Tränen eine nach der anderen mit der Zunge auf.

»Immer dasselbe, La Llorona, deshalb nennen wir dich ja La Llorona.«

La Llorona starrte danach an die Decke aus Blechdosen. Zuweilen war sie dabei nackt, wenn sie es, so wie in dieser Nacht, zugelassen hatte, dass er sie langsam auszog, und wirkte zumindest ein wenig erleichtert.

»Hier weinst du nicht wegen deinem kleinen Stöpsel ... hier weinst du, weil wir zwei es gut miteinander haben.«

Oso Carmuco bemerkte nicht, wann La Llorona in den frühen Morgenstunden wie mechanisch aufstand und in ihre eigene Behausung ging. Er erwachte allein und nackt auf seinen Kartons, wie immer mit der Soutane sowie seinen zerschlissenen Decken zugedeckt.

Auf der Müllhalde graute der Morgen nun immer später, aber die Sonne ging pünktlich unter. Der Dezember bewegte sich rasend schnell auf das unvermeidliche Ende des Jahres durch Altersschwäche zu, und die Taucherinnen begannen Bastelmaterial für die Weihnachtskrippe zu sammeln. Oso Carmuco half ihnen, weil er sich für alles zuständig fühlte, was mit dem Glauben und den einhergehenden Bräuchen zu tun hatte. Der heilige Josef und die Jungfrau Maria waren zwei Schaufensterpuppen in Lebensgröße, eine männliche und eine weibliche, die vor Jahren auf der Müllhalde gelandet waren. Jedes Jahr standen sie zu Weihnachten etwas demolierter in der Krippe, weil sie die übrigen Monate in Oso Carmucos Behausung verbracht hatten. Der Mann war schwarz, die Frau eine blonde Barbie; beide waren mit allen Attributen der menschlichen Spezies ausgestattet, auch denen, die auf den Kirchenbildern ausgelassen werden. Ihr fehlte ein Auge; ihm ein Arm. Den Frauen auf der Müllhalde gefiel es gar nicht, dass Oso Carmuco die »Heiligen« bei sich zu Hause aufbewahrte, weil diese am Jahresende jedes Mal wieder nackt waren und sie neue Tuniken und ähnliche mittelalterliche Gewänder für sie auftreiben mussten, damit sie wieder wie echte Heilige aussahen. Aber Oso Carmuco war der Pfarrer und die Autorität seines purpurnen Fetzens war mehr oder weniger unumstritten.

Die Schaufensterpuppen wurden unter einen behelfsmäßigen Unterstand gestellt. In die Mitte kam eine leere Krippe. Dahinter war der Platz für den Ochsen, den es jedoch nicht gab ... Ein Plastiktiger, das Emblem einer ehemaligen Tankstelle, tat, was er konnte, um ihn würdig zu vertreten. Neben den Ochsen gehört bekanntlich der Esel, es gab aber auch den nicht. Er wurde durch ein in Jutesäcke gehülltes Steckenpferd ersetzt. Das Jesuskind kam erst um Mitternacht dazu. Es war wirklich ein echtes Jesuskind, aus Gips, mit blonden Locken und rosiger Haut, wie der Spross einer Walküre. Es war nicht bekannt, welcher Zufall es an diesen erbärmlichen Ort geführt hatte, aber jeden Dezember wurde ihm hier dafür ausgiebig gehuldigt.

Dieses Jahr steuerten ein paar Taucher eine Zypresse bei, die sie aus einem Garten gestohlen hatten und die groß genug war, so verfügte es Oso Carmuco, rechts von der Krippe die Rolle des Christbaums zu spielen.

El Bacán kümmerte sich darum, den Baum zu schmücken ... Obstsalatdosen, Klopapiergirlanden, Stoffstreifen und Schneeflocken aus Styropor, das aus den Schachteln von Haushaltsgeräten stammte, Puppen, Plastiksoldaten, Raumschiffe und durchgebrannte Glühbirnen. Und so landete Weihnachten auf der Müllhalde.

»Steinige Naaaacht ...«

»Oso Carmuco, immer dieselbe alte Leier, das ist nicht witzig, reiß dich zusammen!«

»Entschuldige, Única!«

Im Chor und vom Tambourin begleitet:

»Stihille Naaaacht ...« usw.

Eine Woche später:

»Zehn, neun, acht, sieben, sechs ... Frohes neues Jahr!«

Das alte Jahr mit seinen aufgebrauchten dreihundertfünfundsechzig Tagen landete auf dem Müll, denn auch Jahre werden entsorgt, wenn sie alt sind.

»Es geht nicht anders, entweder man wird sie los oder sie erdrücken einen!«

Was würde mit unseren Erinnerungen geschehen, wenn man allen Ballast abwerfen und nur behalten könnte, was einem das Leben leichter macht? Könnte man dadurch vermeiden, an seinem Ende in Seenot zu geraten? Könnt man sanfter am friedlichen Gestade des Todes anlegen?

»Mist, sogar das neue Jahr kommt schon gebraucht auf die Müllhalde!«

Feuerwerkskörper als helle Leuchtfeuer am Himmel über Desamparados. Auf die Müllhalde gelangte nur der Geruch nach verbranntem Pulver.

───── * ─────

Regierung bestätigt
endgültige Schliessung der Müllhalde
in Río Azul bis 14. Januar

»Das neue Jahr fängt aber schlecht an ... Hier steht's: Am 15. Januar sagen sie, wo die neue Müllhalde hinkommt.«

Seit Tagen hatte es immer wieder sporadisch geregnet, aber auch der Himmel schien das viele Wasser leid zu sein und versuchte sich mit dem einen oder anderen dieser rot glühenden oder purpurnen Sonnenuntergänge zu rehabilitieren, die einem das Gefühl geben, dass das Leben einen Sinn hat.

Die Berge erstrahlten in blauem Licht und Mondolfo verfiel in einen falschen Optimismus, der ihn beinahe glauben ließ, es könnte alles gut werden. Aber er war nur berauscht vom verdächtig blauen Himmel und einer mehr oder weniger frischen Brise, die einen das bedrohliche Methangas vergessen ließ, das sich seit zwei Jahrzehnten in den Eingeweiden der Müllhalde ansammelte und sie, wenn man es am wenigsten erwartete, mit dem gewaltigsten Furz, seit es Verdauungsstörungen gibt, in die Luft fliegen lassen konnte.

»Das, was jetzt los ist, ist nur ein Furz gegen das, was sich abspielen wird, wenn die Regierung bestimmt, wo sie den ganzen Müll hinbringen will!«

»Sag nicht Furz vor dem Kleinen! Und du, El Bacán, lach nicht!«

»Ich habe ewig nicht geraucht ... nicht einmal eine Kippe ...«

Mondolfo vermisste die Zeiten, als er sich beim Zeitunglesen eine Zigarette angesteckt hatte. Auf der Müllhalde weigerte er sich bislang, aus zweiter Hand zu rauchen so wie Oso Carmuco und die anderen – Meister im Recyceln gebrauchter Zigaretten, die den Tabak aus den Kippen sammelten, ihn in der Sonne trocknen ließen und sich dann mithilfe der am wenigsten zerknitterten Kassenbons Zigaretten drehten.

»Ich mag aber lieber normale Zigaretten, so wie jeder!«

»Dann rauch doch deine scheiß normalen Zigaretten!«, warf Oso Carmuco ein, der von dem Gejammer genug hatte.

Auf der Müllhalde kehrte wieder Geschäftigkeit ein und die Taucher liefen emsig wie Ameisen umher; sie schleppten in langen Kolonnen Lasten von bis zu sechzig Mal ihrem eigenen Gewicht den Hügel hinauf und sonderten einen Moschusduft ab, der ihnen den Weg wies, ohne jede Ablenkung von ihrer Arbeit, dem Zerteilen des riesigen Kuchens, den jemand inmitten der Hochebene des Valle Central abgeladen hatte; wenn sie zu dritt ein Abfallfass von einem Müllwagen hoben, arbeiteten sechs Beinchen; sie kamen aus den Löchern ihrer Behausungen gekrochen, die von fern aussahen wie ein großer, zusammenhängender Bau, und verschwanden wieder darin; wenn der Wind ihre Haarsträhnen hochwirbelte, hatten sie lange Fühler; sie durchwühlten alles, denn es konnte sich immer etwas Brauchbares im Müll verbergen; Fremden gegenüber reagierten sie zugleich scharf und desinteressiert; sie bewiesen Geschick darin, den Müllwagen auf den Rücken zu springen, bevor sie auf der Hügelkuppe waren, um so beim Auskundschaften der Ladung einen Vorsprung vor all jenen zu haben, die weiter oben warteten. Hin und wieder waren sie empfänglich für den unschuldigen Reiz der Dinge, die noch von Weihnachten übrig waren, etwas, das sie für einen Augenblick von ihrer Strafe, der lebenslangen Armut, ablenkte, oder auch den Reiz einer noch verschlossenen Limonadenflasche, die sie, stolz auf ihren Fund, in einem Zug leerten, doch gleich waren sie wieder gezwungen, ihr erbärmliches Handwerk aufzunehmen und das Los von Ameisen zu teilen ... und dieses Los war eine Niete.

Die Müllhalde war zur Zeit des nachweihnachtlichen Katers gefährlich. Das Dienstalter war eines der Kriterien dafür, wer als erster wühlen durfte; aber ein junger und starker Taucher konnte einen alten, gebrechlichen leicht wegschieben, wenn der nicht von den anderen verteidigt wurde. Es passte keine weitere Seele mehr auf die Müllhalde, denn selbst der immaterielle Stoff der Seelen konkurrierte mit den bösen Blähungen der Müllhalde um Raum.

Única und El Bacán hatten sich wieder die Nylonschnur um den Bauch gewickelt und sich aneinander vertäut, damit beide beim Tauchen die Sicherheit hatten, dass der Andere am anderen Ende der Schnur war. Sie achteten auf die Signale, die sie über die Schnur empfingen. So stand ein leichtes Zupfen für Umdrehen, ein stärkeres Anziehen für Vorsicht; ein plötzliches Einholen der Schnur für Alarm ... Manchmal taten sie einen falschen Schritt und holten daraufhin beide gleichzeitig die Schnur ein – was unweigerlich dazu führte, dass die schmächtige Única zu Boden ging und warten musste, bis der Junge endlich bemerkte, dass er seine alte Mutter auf dem Hintern durch den Müll schleifte.

»El Bacán, hör auf zu lachen! Jetzt kriegt er sich wieder ewig nicht ein ...«

In zwanzig Jahren hatte sich, abgesehen von den neuen Müllwagenmodellen, nie etwas verändert ... Warum sollte sich also ausgerechnet jetzt etwas ändern? Mondolfo, der Einzige, der die Zeitungsberichte über die Schließung der Müllhalde so ängstlich verfolgte wie jemand, der sein Zuhause verloren hat, stellte sich diese Frage nicht ernsthaft, sie tröstete ihn eher.

»Was sollen wir dann tun, Única, um Himmels Willen, was sollen wir dann nur tun?«

Die Einwohner von Río Azul, San Antonio de Desamparados und der übrigen Umgebung hatten den Neujahrsvorsatz gefasst, auf alle Fälle bis Ende Januar die Müllhalde loszuwerden, die sie zwanzig Jahre lang erduldet hatten und der sie Tag für Tag dabei zusehen mussten, wie sie langsam anwuchs und zugleich abstarb; ein im Todeskampf zuckender, fiebriger Leichnam, dessen ekelerregendes Röcheln ihre Häuser und ihr Leben erfüllte, durch die Türritzen drang, durch geschlossene Fenster, durch die Knopflöcher ihrer Hemden und die Schnürösen ihrer Schuhe. Zwei Jahrzehnte lang hatte das Viertel Río Azul, das man außer mit der Müllhalde, die seinen Namen angenommen hatte, mit nichts mehr verband, den Müll entgegengenommen, den die Stadt ihm so pünktlich wie großzügig zukommen ließ.

Die Regierung versicherte, dass sie bis zum Monatsende eine neue Heimat für den Abfall finden würde und bat noch um etwas Geduld. Der nie um eine geistreiche Bemerkung verlegene Caldegueres schrieb einen rührenden Brief an die Einwohner, der mit folgenden Worten schloss: »Fragt euch nicht, was euer Land für Río Azul tun kann, fragt, was Río Azul für euer Land tun kann.«

Die Einwohner waren gerührt und stimmten einem neuen Abkommen zu, mit einer Frist bis Ende April, weil sie nun auch der Meinung waren, dass so eine Mülldeponie das letzte war, das obdachlos sein sollte.

Es war allen klar, dass die Stadt nicht einmal eine Woche ohne einen Platz auskommen würde, an dem man alle unnützen Sachen samt ihren verwesenden Geistern abladen und sofort vergessen konnte.

Die Müllhalde war, so erzählte man sich, vor zwanzig Jahren aus einem anderen Viertel hierher verbannt worden, aus denselben Gründen, die nun die Bewohner von Río Azul geltend machten. Das war jedenfalls die offizielle Version der Geschichte. In der Zeitrechnung der Taucher, die anderen Gesetzmäßigkeiten folgte, war die Müllhalde schon immer dagewesen und würde auch immer da sein. Wäre einer von ihnen in der Lage gewesen, das auszuführen, er hätte vielleicht gesagt, dass die Müllhalde älter war als das Universum oder die älteste aller Höllen, oder er hätte eine andere, überzeugendere mythologische Erklärung abgegeben; aber im Grunde ging es darum, dass für die Taucher »dieser Scheißhaufen immer da war und ihn hier auch niemand wegbewegen wird«, was den aufgeregten Mondolfo ein wenig beschwichtigte.

Kein Taucher fühlte sich bemüßigt, etwas anderes zu glauben: Wie alle, die am Fuß eines Berges stehen, erfuhren auch sie, wie unsagbar winzig das menschliche Dasein war – bei ihrem ersten Schritt hügelaufwärts, über den lehmigen Grund, beim ersten Aufheulen der Müllwagen, beim üblen Geruch der Fäulnis, beim dauernden Brummen der Fliegen, das in den Köpfen keinen Platz für etwas anderes ließ, auch wenn die Taucher es überhaupt nicht mehr bewusst wahrnehmen konnten.

Jede Ablenkung war für ein paar Minuten willkommen, länger nicht. Also hörten sie kurz dem unmöglichen Gerede Mondolfos zu, der darauf beharrte, dass sie etwas tun mussten. Sie hörten aber lediglich der Unterhaltung wegen zu und nicht, weil ihnen etwa die Sorge den Schlaf raubte; das war auch deshalb so, weil die Taucher nach einem langen Arbeitstag nicht bloß wie müde Krieger rasteten, sondern der Schlaf sie umfing wie der tröstliche kleine Bruder des Todes und sie tief und schwer, aber ohne Traumbilder ruhten, als hätte ein hydraulischer Müllwagen ihre Seelen für ein paar Stunden verschluckt und sie danach wieder in den endlosen Alltag ihres Elends ausgespuckt.

»Dieser nervige alte Trottel!«

Mondolfo aber studierte weiterhin minutiös die Zeitungen und glich Informationen miteinander ab. Es verging kein Tag, an dem nicht über den Konflikt geschrieben wurde, darüber, wie jedes Viertel, das als mögliches neues Quartier für jene Hölle ins Gespräch kam, aufstand und kämpfte, wie die Einwohner jeweils zum Äußersten bereit waren, um den Willen der Regierung zu brechen. Die Frage, die sie stellten, war immer dieselbe: »Warum will man uns den Dreck der anderen aufbürden?« Doch diese Frage wurde noch nie befriedigend beantwortet, egal ob sie sich auf eine städtische Mülldeponie oder die Erbsünde bezog.

———— * ————

Vielleicht war es wegen der ungewohnt kühlen Brise, die der Müllhalde mit ihren uralten Verdauungsstörungen in einer Nacht etwas den Atem erfrischte, oder wegen der Konservendose mit Calamari, die Única im Müll fand, mit viel Geschick unauffällig in ihrer Schürzentasche verschwinden ließ und – zum ersten Mal in ihrem Leben – erst wieder hervorholte, als sie sicher war, dass El Bacán bis zum nächsten Morgen schlafen würde ...

»Schau, Momboñombo, das hat mir mein persönlicher Schutzengel in einen Müllsack getan!«

Eine Dose Calamari! Und Única hatte sie aufgehoben, um sie mit ihm zu teilen! ...

Sie setzten sich auf den Weg vor der Behausung. Er zog an der Lasche, und die Dose gab ihren großzügigen Inhalt preis. Única holte zwei Gabeln. Mondolfo spießte den ersten Bissen auf und führte die Beute zuvorkommend an Únicas Mund, und ihr sonst so schleudersicherer Magen überschlug sich.

Intuitiv spießte sie in jener Nacht den zweiten Bissen auf und wiederholte die Geste mit zitternder Hand bei ihm. Er öffnete den Mund, und während er in die Beute hineinbiss, sah er Única tief in die Augen, genau so wie in den Filmen, die sie nie gesehen hatte und auch nie zu sehen bekommen würde und die er schon wieder vergessen hatte; oder vielleicht war es so wie immer, wenn ein chemischer Vorgang plötzlich eine Kettenreaktion auslöst und kein Platz für Ausreden oder Erklärungen bleibt. Sie aßen, bis die Dose, die ja nur eine schnöde Calamaridose war, leer war, ein Stück für sie, eines für ihn, und am Ende gab es für alle beide noch ein Schlückchen Tinte direkt aus der Dose, bis von dem Festmahl nur noch die bloßen Lippen der beiden Alten blieben, sich nacheinander verzehrend und einander suchend genau so wie im Film – verdammt, warum eigentlich nicht? –, und er hielt ihr Gesicht, das wie bei einer Jugendlichen erwartungsvoll zitterte –, verdammt, warum eigentlich nicht? –, und beide hatten einen flauen Magen.

»Mich hat noch nie jemand geküsst …!«

Und da küsste er sie noch wilder, und ihre Arme legten sich auf seine Schultern.

Eine kühle Brise, die sirrenden Insekten und das Licht der Ölfunzel, die ihnen immer dann leuchtete, wenn sie Öl hatten.

Er drückte sie an sich, und sie hielt still und bekam ein Gefühl, dem sie schon lange abgeschworen hatte und von dem sie sich nun wünschte, dass es ewig anhielte.

»Momboñombo … Ich … ich bin noch Jungfrau!«

Sie fassten einander an den Händen und sanken auf Mondolfos Kartons nieder, wo das Wunder der recycelten Liebe für sie wahr wurde und sie die Zärtlichkeit erlebten, die in ihrem ganzen Leben weder jemand für sie aufgehoben noch für sie in den Müll geworfen hatte.

Única bemerkte nicht, wie El Bacán aufwachte, aus dem Bett stieg und das Haus verließ, als hätte ihm sein persönlicher Schutzgeier dazu geraten.

»Oso Carmuco, OSO CARMUCOOO, heute werde ich hier schlafen, ich glaube nämlich, dass Mama Única und Momboñombo Erwachsenensachen machen.«

»Das wurde aber auch Zeit, mein Junge!«

Oso Carmuco richtete El Bacán einen feinen kleinen Karton her und trat ihm eine seiner Decken ab, brachte ihn dann ins Bett, nahm seine Bibel und blätterte bei Kerzenlicht darin.

»Única ... willst du mich heiraten?«

»Ich rede gleich morgen mit Oso Carmuco, damit er uns hier auf der Müllhalde traut!«

Er hätte sich nie träumen lassen, dass er vor einem Taucher mit der Frau seines Lebens in den heiligen Stand der Ehe treten würde.

»Also so was!«

Als die Sonne aufging, gab es keine großen Neuigkeiten für den Rest der Welt, nur das Paar stand etwas später auf als sonst. Schließlich war das bei weitem das einzige, was die künftigen Eheleute als Flitterwochen zu erwarten hatten. Única bemerkte sicherlich, dass El Bacán nicht mehr im Klappbett lag, aber zum ersten Mal in ihrem Leben vertraute sie ihn den guten Göttern der Müllhalde an und drehte sich noch einmal um.

El Bacán kam pünktlich zum Frühstück nach Hause, er hatte Oso Carmuco mitgebracht, und sie schauten das Paar verschmitzt an. Die beiden Alten mussten so lachen, dass man die Löcher in seinen Zähnen und ihre Zahnprothese sah.

»Dich schickt der Himmel, Oso Carmuco!«

»So ist es, Única, als ich im Himmel nicht mehr gebraucht wurde, hat man mich hier auf den Müll geworfen ...«

»Besser so, hier nützt du uns mehr, als wenn du da oben rumnervst.«

Única erklärte Oso Carmuco, dass sie heiraten wollten, und dann erklärten alle zusammen El Bacán, was das bedeutete. Als El Bacán begriff, dass Mondolfo sein Papa sein würde, lief er zu ihm hin, kletterte auf seinen Schoß und küsste ihn mit seinem von Kaffee triefenden Bart ab. Única kam auch dazu und umarmte sie beide.

»Única, Oso Carmuco ist verrückt ... und wird uns trauen!«

»Hier ist doch jeder verrückt, ist dir das immer noch nicht aufgefallen?«

Oso Carmuco war in seinen Vierzigern. Das mit dem Priesteramt hatte er, so wie alle, selbst zu glauben begonnen, weil seine Gemeinde es ihm glaubte, und weil er vom Rosenkranz bis zu den verschiedenen Gebeten, die Única erfunden hatte, brav alles auswendig gelernt hatte. Er war eigentlich ein Alkoholiker und wäre schon fast im Crack-Meer untergegangen, wenn Únicas Willensstärke ihn nicht aus dem Loch herausgeholt hätte. »Die Soutane hat mich gerettet«, sagte er immer, wenn er andere mit seiner Geschichte langweilte; aber auch das sagte er nur, weil Única es ihn ebenfalls hatte auswendig lernen lassen. Er hatte eine Clique von Leuten, die nicht auf der Müllhalde lebten und ihn hin und wieder abholten, um zusammen einen draufzumachen, obwohl die Frauen der Gemeinde lautstark protestierten. Dann war er ein paar Tage lang verschollen wie ein streunender Bär, tauchte aber verlässlich wieder auf, wenn er nicht mehr konnte. Wieder auf der Müllhalde angekommen, hatte er stets einen Kater, der ihn bereuen und Buße tun ließ, er trug seinen purpurnen Fetzen Tag und Nacht und las zwanghaft in der Bibel, als könnte er sich auf mehr als zwei zusammenhängende Wörter konzentrieren – von den vier oder fünf, die er zu entziffern gelernt hatte.

»Er ist trotzdem ein guter Mann ... Seine Freunde haben einfach einen schlechten Einfluss auf ihn.«

»Er ist ein sympathischer Säufer!«

»Momboñombo, du hast nichts dazugelernt. Ohne Oso Carmuco würde in unserer Gemeinde niemand die Messe lesen.«

»Aber die Heiligen Messen von Oso Carmuco sind völliger Quatsch!«

»Na, dann hol doch den Pfarrer von unten und sag ihm, dass er uns die Messe lesen soll! Der fährt ja nur in seinem Luxusschlitten herum und bringt jedem Rotzlöffel, den er irgendwo aufgabelt, das Autofahren bei.«

»Na gut, lass uns nicht darüber streiten.«

Wenn die Mystik seine Ohren erfasste, begab sich Oso Carmuco mit einem Tambourin bewaffnet in die Garagenkirchen von Desamparados, um dort zu singen. Sobald der Rausch nachließ, kam er zurück und suchte Trost zwischen La Lloronas Beinen.

»Manchmal geht auch sie zu ihm.«

»Ja, wenn sie gut drauf ist.«

Als Hochzeitstermin wurde der kommende Montag vereinbart. Es gab kein anderes Gesprächsthema mehr auf der Müllhalde. Oso Carmuco versuchte, den Text der Hochzeitsmesse auswendig zu lernen und war ein Nervenbündel.

Única bereitete ihr schönstes Kleid vor, das nicht weiß war.

»Es wäre auch nicht richtig, Weiß zu tragen.«

Mondolfo bekam einen Augenblick lang Lust, aufzutauchen und sich auf die Suche nach einem anständigen Anzug zu begeben, einem ordentlichen Haarschnitt, einem Paar Schuhe, einem Trauzeugen und …

Er führte schon seit geraumer Zeit Selbstgespräche. Er hatte sich auf einen freien Fleck der Müllhalde gesetzt und beobachtete eine Ameisenstraße. In seiner Hand hielt er einen dünnen Zweig, und hin und wieder attackierte er damit wild die Ameisen, was im Gewimmel jedes Mal ein Todesopfer forderte. Die übrigen Ameisen waren kurz irritiert, machten aber sogleich starrköpfig mit ihrer Arbeit weiter. Kurz darauf wieder eine Ameise weniger! Er tat das alles geistesabwesend, ohne böse Absicht, ohne sich am Unglück der Krabbeltiere zu weiden, eher mit einiger Gleichgültigkeit, und instinktiv kam ihm der Gedanke, dass Gott seine Opfer mit derselben Gleichgültigkeit aus dem menschlichen Ameisenhaufen herauspickte. Opfer, die daraufhin tot umfielen – zur allgemeinen Verunsicherung der Übrigen, die jedoch nach einiger Zeit keine andere Wahl hatten, als in der Reihe zu bleiben und weiterzukrabbeln. Er bekreuzigte sich und beschloss, nichts von dem, was er ohnehin nicht finden würde, außerhalb der Müllhalde zu suchen, schließlich hatte er hier schon das Wichtigste für seine Hochzeit gefunden: eine Braut, einen Sohn und ein paar Freunde.

»Única, wir könnten doch Los Novios vorschlagen, dass sie sich bei dieser Gelegenheit gemeinsam mit uns trauen lassen!«

»Die sind schon verheiratet, hast du das etwa vergessen?«

Ein paar Taucher und der Wächter vom Eingang der Müllhalde errichteten mit großem Gehämmer eine Art Altar, vor dem Oso Carmuco sein Bestes geben würde.

Die Belegschaft der Müllabfuhr holte an jenem Morgen den Müll nicht ab, und die Bewohner von San José dachten schon, es sei ein neuer Streik im Gange. Única wurde von den Frauen hergerichtet. Nach dem Baden entflochten sie ihr Haar und schminkten sie, so gut es ging. Ihren Liebling El Bacán hatte Única schon am Vorabend bereitgemacht.

Der Wächter vom Eingangstor, mit dem Mondolfo schon seit den Anfangstagen befreundet war, hatte für den Bräutigam eine Überraschung dabei: Er lieh ihm seinen Anzug, mit Krawatte und schwarzen Schnallenschuhen. Es war ein blauer Anzug, eher für eine Erstkommunion als für eine Hochzeit geeignet, aber wen störte das schon? Der Gute brachte auch noch einen weißen Anzug von einem seiner Söhne mit, in dem El Bacán filmreif aussah: kurze Hose, sodass man seine behaarten dünnen Beine sah, kurzärmeliges Hemd, weiße Schuhe.

»Er sieht aus wie ein kleiner Engel!«

»Jetzt ist alles dahin! Oso Carmuco hat vor lauter Nervosität Durchfall bekommen! Dann also morgen.«

Die Leute in den Stadtvierteln, die am Dienstag ihren Müll auf die Straße stellten, dachten nun genau dasselbe wie schon die Leute am Montag, denn vom frühen Morgen an stand die ganze Müllhalde still, um die erste Hochzeit in der Geschichte des Landes zu feiern, die im Beisein der dort heimischen Menschen auf einer Müllhalde stattfand.

Oso Carmuco war seit halb fünf in der Früh auf den Beinen, zitternd vor Kälte und vor Angst, wieder Angst zu bekommen. Er hatte auf der Müllhalde schon der halben Welt die Beichte abgenommen und die Absolution erteilt, mehrere Jahre hintereinander die Christmesse abgehalten und Mondolfo beinahe die Letzte Ölung gegeben, aber er hatte noch nie ein Paar getraut.

Don Retana, der älteste Taucher der Gemeinde, führte die Braut zum Altar. Der Bräutigam wartete schon dort. Die Festgemeinde rief: »Jetzt geht's los! Jetzt geht's los!« El Bacán trug auf einem Tellerchen die Ringe herbei; Don Retana hatte ihnen zur Hochzeit nämlich die Ringe von seiner eigenen Hochzeit geschenkt, die sein gesamtes Hab und Gut darstellten.

Die Messe begann mit einem »Ich bitte euch, aufzustehen.« Die Anwesenden standen aber schon alle und zeigten es dem Pfarrer mit Pfiffen und Gelächter. Da hob Oso Carmuco feierlich die Hände und sagte: »Dann setzt euch bitte.« Aber da es nichts gab, auf das man sich hätte setzen können, wurde er erneut ausgepfiffen.

Oso Carmuco wurde langsam nervös, aber die beiden Alten freuten sich so sehr, dass sie einfach mit den Gästen mitlachten.

»Wir sind heute hier zusammengekommen, um ... wie war das noch? ... um diesen Mann und diese Frau in den heiligen Bund der Ehe zu führen.«

Dann schweifte Oso Carmuco zu ein paar Bibelthemen ab, sprach über das irdische Paradies, das seiner Meinung nach in San Francisco de Dos Ríos zu finden war, über die Heiligen Drei Könige, die er zu kennen behauptete, und die Eucharistie, die er als sehr gutherzige Frau bezeichnete.

Schließlich kam er zum wohlbekannten: »Willst du diese Frau zu deiner dir rechtmäßig angetrauten Ehefrau nehmen, bla, bla, bla.«

»Verdammt, das heißt doch nicht bla, bla, bla, das heißt: Sie lieben, achten und ehren, bis dass der Tod euch scheidet!«

»Entschuldige, Momboñombo!«

Und die Tauchergemeinde applaudierte, Abfall wurde in die Luft geworfen, es wurde gerufen und gepfiffen, und Oso Carmuco stimmte ein Volkslied an:

»Zweeeei Herzeeeeeeen, die reeeiiichen, die reeeiiichen sihiiiich die Haaaaaand.«

Und die Taucher aßen und tranken und sangen und vergaßen fast den ganzen Vormittag lang, dass selbst das Glück ein Preisschild hat.

El Bacán spielte mit den anderen Kindern, lief zwischen den Gästen umher, verjagte mit Steinen Geier und brach in Tränen aus, als seine Mutter ihn wegen dieser Tierquälerei zurechtwies.

Única war von der Zeremonie sehr ergriffen. Sie musste an ihre Mutter denken. Dieser Tag war der zweitschönste in ihrem ganzen Leben.

Das Fest wurde jäh unterbrochen, als ein Polizeitrupp eintraf, um herauszufinden, wieso das Tor zur Müllhalde verschlossen war. Die Polizisten wurden über die Hochzeit aufgeklärt, aber wie nicht anders zu erwarten, machten sie schnell deutlich, dass die Party vorbei war – »Gehen Sie weiter! Gehen Sie weiter!« – und zwangen die Taucher, das Tor zu öffnen, um die lange Reihe von Müllwagen einzulassen, die draußen schon wartete.

Alles kehrte zur Normalität zurück.

Am nächsten Tag streikten die Mitarbeiter der städtischen Müllabfuhr. Der Streik war seit Monaten angekündigt und fand aus dem mehr als gerechtfertigten Grund statt, dass mindestens zehn Wagen mehr benötigt wurden, um all den Müll zu bewältigen.

———— * ————

Eine lange Streikwoche.

In San José sorgfältig gestapelter Müll in den Straßen, und die Müllhalde mit knurrendem Magen.

Bestürzte Passanten.

Ein säuerlicher Hauch in der Dunstglocke über der Stadt. Hunde, Katzen, Ratten, Fliegen und jede erdenkliche Art von städtischem Gekreuch und Gefleuch weiden Müllsäcke aus und verteilen den Inhalt auf den Gehwegen.

Bestürzte Taucher, weil der Müll der Müllhalde fernbleibt, so als hätte sich ein Meer plötzlich von seinem Jahrtausende alten Strand zurückgezogen.

Wenn der Müll nicht zur Müllhalde kommt, müssen die Taucher zum Müll kommen: Kolonnen von Tauchern durchfluteten die Straßen San Josés. Doch ein Taucher in den Straßen der Stadt ist ein Seemann an Land; er schwankt, er verliert seine Orientierung.

Die Straßen gerade, die Gehwege schnurgerade, sie fühlten sich unendlich an und das schüchterte die Taucher ein. Ein Netz aus Straßen, die ihnen nichts sagten, die kein Ordnungsprinzip erkennen ließen. Die Taucher wechselten die Straßenseite, ohne auf die Autos zu achten, denen nichts anderes übrig blieb, als abrupt zu bremsen und sie wie wild anzuhupen; aber die Taucher blickten kaum auf. Sie umkreisten einen Block und merkten oft gar nicht, dass sie hier bereits gewesen waren, aber nicht, weil sie die Stadt nicht kannten – noch nie hatte sich einer von ihnen verirrt –, sondern weil in der Freizeit spazieren zu gehen etwas ganz anderes war als in einer ungewohnten Umgebung zu arbeiten.

Geier, im Tiefflug über den Straßen der Stadt kreisend.

Die Seiten der Tageszeitungen legten Zeugnis von der Krise ab: Bilder im Vierfarbdruck, die nach Archiv aussahen und Passanten mit zugehaltener Nase zeigten, wie sie über einen Abfallhaufen sprangen und in die Kamera schimpften; denn die Nachrichtensender verfügten längst über so viel Material, dass es für einen Spielfilm gereicht hätte, über Interviews mit dem Präsidenten Caldegueres, mit den Abgeordneten, den Ministern, den Einwohnern der betroffenen Viertel, und auch über hunderte, vorsichtshalber aus einiger Entfernung aufgenommene Bilder der Taucher, wie sie ihrer Beschäftigung nachgingen.

Binnen einer Woche hatte die Müllhalde San José überschwemmt und drohte sich festzusetzen. »Tonnen von Abfall, unserem Abfall! Kullert einfach so durch die Straßen ... Was sollen bloß die Touristen denken!«

Am vierten Streiktag »leitete«, wie es in den Zeitungen hieß, die Stadtverwaltung von San José »die nötigen Schritte ein«, um mit den anderen drei Stadtverwaltungen der Großregion Gran Área Metropolitana und dem Ministerium für Infrastruktur und Transportwesen »einen Notfallplan auf den Weg zu bringen«: zweitausend Tonnen Müll in den Straßen, und die Bewohner aller Stadtviertel trugen mehrmals täglich mit neuen Säcken dazu bei.

Die Gran Área Metropolitana, die im Zeitungsjargon GAM hieß, fühlte schon die Pest mit den Schritten eines riesigen Tieres herannahen. »Wenn hier tote Ratten auftauchen, trägt Camus die Schuld daran«, verkündete der nie um eine geistreiche Bemerkung verlegene Caldegueres, und wie üblich wurde auch diese mit Beifall bedacht und in den Zeitungen in der Rubrik »Unser Präsident Don Junior María« erörtert.

Einige Ladenbesitzer beschlossen, private Müllunternehmer zu beauftragen, um ihren Abfall loszuwerden. Eine einigermaßen zielführende Vorgehensweise, die sogar als Argument für die Privatisierung der Müllhalde herhalten musste; doch man hörte nie, wo zum Teufel sie den abgeholten Müll eigentlich hinbrachten ...? Was taten sie damit? ... Es blieb ein Geheimnis.

Am Freitag löste sich der Streik in Wohlgefallen auf. Die Stadtverwaltung von San José ersuchte die anderen Stadtverwaltungen um Beistand, und mit geliehenen Arbeitern und Fahrzeugen wurden noch in der Nacht unter Polizeischutz einige Tonnen Müll eingesammelt. Am Samstag, um die Mittagszeit, erinnerte sich in der Stadt schon niemand mehr an den Streik, den Müll in den Straßen, den Gestank in der Luft oder die Taucher, die auf den Gehwegen umhergelaufen und mit jedermann zusammengestoßen waren. Zur Beruhigung der Bürger und im Sinne ihrer Gesundheit kehrte das Müllmeer wieder an die Strände von Río Azul zurück. Der üble Geruch ging auf ein erträgliches Maß zurück und die Stadt nahm ihre unsäglichen Gewohnheiten wieder auf.

Die Rückkehr der Müllwagen erschütterte die Müllhalde tief. Nach der Hungerwoche war sie äußerst verstimmt, maulte und zitterte vor Fieber und Missmut.

Die Leute an Bord der Müllhalde hatten schon ihre letzten Reserven angebrochen, als sie die Müllwagen erspähten, deren Kolonne vom Fuß des Hügels bis zu dessen Kamm reichte, und sie liefen ihnen entgegen, als wären ihre verlorenen Söhne zurückgekehrt. Die Parade wurde von den Traktoren angeführt. Zur großen Erleichterung der Taucher hatte der Lärm wieder eingesetzt. Sogar Mondolfo fühlte sich froh und optimistisch.

Mit den Zeitungen kam zeitverzögert die Nachricht bei ihnen an, dass die Regierung gerade vierzehn mögliche Standorte für eine neue Deponie prüfte; »angeboten von Privaten und anderen«. Vierzehn Finalisten in einem grandiosen Wettbewerb.

Die erste Kandidatin, die auf die Bühne gebeten wurde, Miss Orotina, erschien in einem gewagten Kleid aus Tränengas, weil die Spezialeinheit zur Aufstandsbekämpfung in Orotina auf etwa tausendfünfhundert Einwohner gestoßen war, die bis an die Zähne unbewaffnet und in friedlichem Protest die Hauptstraße sowie an einigen Stellen auch die Straße nach Quepos blockiert und ihre Autobusse in Cuatro Esquinas und Pozón de Coyolar aufgestellt hatten. »Eine Müllhalde in Orotina ... was soll das denn?«

Der Plan der Regierung sah unter anderem vor, die vielen Tonnen Abfall der Gran Área Metropolitana von der Estación del Pacífico mit der Bahn an ihre neue ewige Ruhestätte zu bringen.

Das Tränengas zwang die Einwohner bald, in ein Lokal an der Hauptstraße zu flüchten. Das »Bürgerkomitee gegen die Ansiedlung der Deponie in Orotina« und der örtliche Pfarrer beklagten der Presse gegenüber, dass die Einwohner von der Polizei nichts als Schläge und Tränengas bekommen hätten, obwohl sie ihrerseits, als Zeichen ihrer friedlichen Absicht, den Beamten belegte Brötchen und Erfrischungsgetränke gereicht hätten.

Während im Fernsehen zu sehen war, wie das Rote Kreuz Frauen, Kinder und Greise, die das Tränengas erwischt hatte, sowie verprügelte Männer verarztete, kündigte die Regierung für die Zukunft ein energischeres Durchgreifen gegen die Aufständischen an, »deren irrationale Haltung nicht nachvollziehbar« sei.

Orotina machte sich zum Kampf bereit.

Die Regierung versprach, noch andere Möglichkeiten in Betracht zu ziehen.

Orotina schaltete von Alarmstufe Rot auf Alarmstufe Orange.

Das Rätselraten hielt das ganze Land in Atem.

Jemand sprach sich für den Schienentransport des Mülls aus und schließlich erklärte der Gesundheitsminister, dass die Müllhalde in einer Gegend errichtet werde, die bislang noch nicht im Gespräch gewesen war.

Die Nerven der Finalistinnen – Miss Orotina, der Liebling der Jury, Miss Uruca, Miss Turrúcares, Miss Atenas (die Miss Fotogen) und der Rest der Bande – lagen eine Woche lang blank. Zu Beginn der nächsten Woche fand sich schließlich Miss Esparza plötzlich mit offenem Mund auf dem Foto wieder, weil die Regierung sie per Dekret zur Miss Neue Deponie gekürt hatte. Tränen, Applaus, Paraden …

Um etwa neunzehn Uhr waren tausendfünfhundert Einwohner Esparzas auf der Panamericana, um sie zu blockieren, und die Polizei rückte mit einem Kontingent von achthundert Mann aus der Spezialeinheit zur Aufstandsbekämpfung an, genau denen, die weder Lust auf Erfrischungsgetränke noch auf Brötchen hatten.

Die Regierung war nicht bereit, die Straßenblockade hinzunehmen, »weil sie das Bürgerrecht auf Transitfreiheit verletzt«.

Die Nachrichtensendungen forderten die Einwohner Esparzas ununterbrochen dazu auf, ihr »selbstsüchtiges Verhalten abzulegen«. Aber das Gebiet war nur aus einem Grund auserwählt worden. Es lag nämlich ein Stück, also ein paar Kilometer, von dicht besiedelten Zonen entfernt.

Es gab keine Umweltverträglichkeitsstudie. Caldegueres sagte darüber: »Die Studie ist zwar noch nicht gemacht worden, wird aber positiv ausfallen …«

»Siehst du, Momboñombo, es gibt eine Studie, sie ist nur noch nicht gemacht worden!«

In den Zeitungen nahmen die Nachrichten aus Esparza viel Platz ein.

Es kam zu Gewalt. Tränengas, Prügel und Schläge mit dem Schlagstock. Auch ein mit Wasser vollgetanktes Feuerwehrauto, das bis vor sechs Monaten in einem Winkel des Flughafens den Schlaf der Gerechten geschlafen hatte, hielt triumphal Einzug in die Straßen der Stadt.

Esparza wurde von Panik erfasst; das Feuerwehrauto war vor etwa zwanzig Jahren von der Regierung der Gringos – wem sonst? – gespendet worden. Es hatte zuerst zehn Jahre lang seinen Dienst in der Flughafenfeuerwehr getan und war dann ausgemustert worden. Daraufhin hatte es der wachsame Blick eines Polizeibeamten erspäht, den eine Fernsehserie über heldenhafte Polizisten inspiriert hatte. Die Regierung sprach: »Feuerwehrauto, stehe auf und wandle«, und nach einer Investition von sechzehn Millionen Pesos in die Instandsetzung des Achtzylinder-Dieselmotors, des Automatikgetriebes, des Führerhauses und des Wasserwerfers, der das Wasser mit einem Druck von 30 Bar verschoss, stand das Feuerwehrauto bereit, um von irgendeinem Rambo-Verschnitt gelenkt zu werden.

Es wurde von einem Tankwagen begleitet, der ihm jedes Mal, wenn es dreitausend Liter verschossen hatte, den Durst löschte.

Binnen acht Minuten war die Straße frei. Die Menschen flüchteten nass, verletzt, gedemütigt und brüskiert; von Tränengas vergiftet, von Polizisten verprügelt, von der Presse dabei gefilmt ... Das Feuerwehrauto schoss mit seiner Kanone Wasser in alle Richtungen und posierte für die Kameras ... und sah so männlich dabei aus ...

Der Polizeihubschrauber brachte die Hausdächer in Esparza zum Wackeln und das Feuerwehrauto paradierte durch die Straßen, schoss hier und da noch ein wenig um sich, zerbrach Auslagen, ließ Holzwände erzittern, spritzte Leute nass, stellte die Ordnung wieder her, sorgte für Gerechtigkeit, verteidigte die Demokratie, die Transitfreiheit und die Bürgerrechte der Unternehmer, die sich einen Wettbewerb darum lieferten, sich die Müllhalde nach der Privatisierung unter den Nagel zu reißen.

Die Einwohner Esparzas beschritten den Rechtsweg und legten bei der vierten Kammer des Strafgerichtshofs Verfassungsbeschwerde ein; sie merkten aber, dass noch mehr Blut fließen würde, wenn die Regierung das Dekret nicht außer Kraft setzte ... ihr eigenes natürlich.

Die Regierung hatte den Auftrag, die Deponie zu errichten, bereits an eine ausländische Firma – wen sonst! – vergeben, doch zur Förderung des gesunden Wettbewerbs wurde sogar das Angebot eines costa-ricanischen Kleinunternehmers veröffentlicht, den Müll all aller, die ihn dafür bezahlten, mit seinem Privat-PKW abzuholen. Diesen Vorschlag ließ man jedoch unter dem Motto »Schauen wir mal« auf sich beruhen; inzwischen leitete die ausländische Firma die nötigen Schritte zur Erstellung einer Machbarkeitsstudie für das Projekt ein und war sogar bereit, an die vier, fünf Millionen Dollar in die Errichtung der Deponie zu investieren, die mit einer Nutzungsdauer von ungefähr dreißig Jahren dreizehn Kantonen von San José und vier weiteren von Cartago zugutekommen sollte.

———— * ————

Betäubt durch die Kraft des Müllmeeres arbeiteten die Taucher mechanisch gegen die bleierne Schwere an.

Sich von einer Stelle zur nächsten zu bewegen war für sie eine große Anstrengung; erst mussten sie ihre bis zu den Knöcheln im Matsch versunkenen Füße ausgraben, dann ihre bis zu den Knien im Müll steckenden Beine herausziehen. Mit jedem Armzug musste außerdem das Gewicht der Tüten gehoben werden, in denen die aus der Tiefe geborgenen Schätze verwahrt wurden. Jede Ohnmacht durch Sauerstoffmangel konnte zu einem tödlichen Unfall führen; ein Traktor konnte über einen Menschenkörper fahren, ohne dass der Fahrer es bemerkte. Eine Unachtsamkeit, und das mit mechanischen Schaufeln gespickte Maul würde wie der Biss eines Hais für einen Arm oder ein Bein weniger sorgen. Die Tiefenströmung konnte ein Kind mitreißen und für immer verschlingen, so wie das Kleine von La Llorona. Auf ein Rattennest zu stoßen war, wie in einen Fischbehälter voll fleischfressender Fische zu fallen, und mehr als nur ein Taucher hatte Zehen verloren, weil er barfuß in den verseuchten Gewässern getaucht war.

Trotz der vielen Hindernisse auf dem Weg zu ihrem täglichen Brot arbeiteten die Taucher wie mechanisch, als ob sich in ihren Köpfen rein gar nichts abspielte.

»Manchmal vergeht die Zeit und ich denke an nichts!«

Mondolfo geriet jedes Mal in Panik, wenn er bemerkte, dass wieder der halbe Vormittag vorbei war und er sich an nichts erinnerte, keine Bilder, Gedanken oder auch nur Sorgen in seinem Kopf waren. Er bekam es mit der Angst zu tun, die manchmal unerträglich wurde, weil es ihm plötzlich so vorkam, als würde er in der Haut eines Fremden stecken.

Auf der Müllhalde arbeiteten alle so. Fast alle hielten lange und unverständliche Monologe, gebückt, im Müll, und dasselbe taten sie in der Stadt. Aber dort, im Wellenschlag des Asphalts, war es leicht, einen Taucher von einem Bettler zu unterscheiden: Der Bettler sitzt immer auf seinen Lumpen und hält automatisch die Handfläche nach oben. Der Taucher hingegen irrt endlos umher und hält die Handfläche nach unten, die Finger bereit, um nach Gegenständen zu greifen, die sogleich mit allen Sinnen untersucht und bewertet werden. Die Taucher riechen, sie kosten, sie schütteln, um zu sehen, ob im Innern etwas ein Geräusch macht; die Gegenstände werden erst dann mit den Augen beurteilt, wenn kein anderer Sinn ein positives Resultat gemeldet hat. Erst wenn auch die Augen nicht herausfinden können, wofür der Gegenstand gut ist, kommt eine zweite Instanz ins Spiel: Der Taucher versucht sich vorzustellen, welchen Nutzen die gefundene Sache für ihn haben könnte; aber wenn es einmal so weit gekommen ist, wird der Gegenstand meistens auf die Straße zurückgelegt, von der er beinahe weggeholt worden wäre. Der Blick des Bettlers richtet sich auf jeden, den er um etwas bittet. Der Blick des Tauchers ist eng mit seinen Händen verbunden; seinen Fingern vielmehr. Und doch sehen sie einander so ähnlich, beide zu parasitären Lebewesen im Verdauungstrakt der Gesellschaft gemacht; nur ist der eine ein Wurzelstock und wartet passiv auf irgendeine Nahrung und der andere eine fleischfressende Pflanze, die ihren eigenen Duft verströmt, um Beute anzulocken, und die sich – ohne um etwas zu bitten – nimmt, was andere weggeworfen haben.

Mondolfo konnte es nicht so ausdrücken. Er fühlte einfach, dass ihm vielleicht gerade die letzten Gedanken kamen, bevor er völlig in die Bewusstlosigkeit der Taucher versinken würde; dass dann seine Erinnerungen nach und nach erlöschen würden; dass seine Beziehung mit Única, die ihm im wahrsten Sinn des Wortes das Leben gerettet hatte, sich in der Undurchdringlichkeit jenes toten Meeres verlieren würde, weil ihnen – verdammt nochmal – etwas fehlte, worauf sie hoffen konnten. Dass er am Ende seiner Tage wie eine sinnlose Maschine tauchen und sich aus reiner Gewohnheit am Leben erhalten würde, und nicht, weil er noch irgendetwas erwartete.

»Ich bin schon alt ... Aber hier sind auch so viele junge Leute!«

Los Novios waren vielleicht ein paar Monate länger hier als er, hatten vielleicht ein paar Monate länger von Abfall gelebt. Aber ein Tag in der Hölle ist auf der Müllhalde ein Jahrhundert, und zu dieser Zeit sahen Los Novios einander schon an wie Fremde – er sie, sie ihn. Sie blieben in bösen Tagen zusammen, in Armut und in Krankheit, bis dass der Tod sie schied, wie der Pfarrer es sie am Tag ihrer Hochzeit hatte schwören lassen, nur um sie dann für immer zu vergessen.

Inmitten der alltäglichen Misere waren sie einander längst überdrüssig geworden. Ihnen war klar, dass keiner von beiden Schuld daran trug. Verbittert bestätigten sie einander immer wieder, dass nicht die Armen an der Armut schuld wären, und doch waren sie schon so voller Groll, dass dieser ihr Herz austrocknete.

Über eine halbe Stunde hatte Mondolfo wie gelähmt jene verschwommenen Bilder vor sich gesehen, als spiegelte sich der Rest seines Lebens im Glas der ahnungsvollen Flasche, die er in der Hand hielt: Die Zeit, die ihm noch blieb, würde er mit Tauchen verbringen, sein Geist leer, seine fünf Sinne aufs Äußerste geschärft; jeder davon in einer Fingerspitze, sodass er mit der Hand dachte, die gelernt hatte, wie eine Ratte zu sehen, wie ein Geier zu riechen, wie eine Fliege zu schmecken, wie ein Hund zu hören – und zu fühlen wie ... wie ... Das war es! Er konnte nicht aufhören, zu fühlen wie ein Mensch. Dort oben, in seinem Kopf, hatte ihn das tägliche Elend schon gelehrt, den Hörsinn abzuschalten, sobald der Motor der Traktoren ansprang; hatte der Hauch der Müllhalde seinen Geruchssinn lahmgelegt; hatten die recycelten Lebensmittel ihm das Schmecken verleidet; hatte der Dunst der Verwesung ihm die Augen zerfressen, die er nur noch wie ein Zombie offen hielt; trennte ihn der Schmutz auf seiner Haut, jene wahre Haut der äußersten Armut, wie ein klebriger Film vom Rest der Welt.

Erst gegen Abend, nach getaner Arbeit, wenn seine Familie seine Aufmerksamkeit verlangte, meldete sich schmerzhaft langsam Mondolfos Bewusstsein. Dann war er für Augenblicke wieder der Alte … dies war sein Leben, er war nicht gestorben, er hatte noch nicht einmal fünf Monate in der Hölle gelebt – ja, dies war sein Leben.

»Komm, lass uns abhauen!«
»Wie bitte?«
»Hauen wir aus dieser Hölle ab.«
»Bist du jetzt noch verrückter geworden?«
»Nein, ich meine es ernst. Wenn wir nicht von hier abhauen, werden wir wirklich noch verrückt. Außerdem wird man uns sowieso fortjagen.«

———— * ————

Eine Kaltfront schob sich über die Region. Dreizehn Grad in den frühen Morgenstunden dieses Februars konnten einen ins Grab bringen, wenn man über dem Kopf kein anständiges Dach und darunter keine anständigen Wände für sein zerbrechliches menschliches Dasein hatte.

»Jetzt ist sogar der Februar kalt, Única, sag, was denkt sich Gott dabei?«
»Zieh Gott da nicht mit rein!«

El Bacán hustete so sehr, dass es ihn irgendwann noch zerreißen würde, und die beiden Alten, die die ganze Nacht kein Auge zumachten, rieben ihn mit Alkohol ein, um ihm die Brust zu wärmen, bis irgendwann die Flasche leer war und auch Únicas Parfüms, ranzige Cremes und überreife Salben nicht mehr ausreichten. Aber der Junge konnte nur schlafen, wenn sie ihm mit einer Wärmflasche mit fast kochend heißem Wasser, die natürlich ohne Stöpsel auf der Müllhalde gelandet war, die Brust wärmten. Mondolfo machte Feuer und erhitzte das Wasser, und Única überlegte, wie sie die Öffnung der Wärmflasche mit einem Korken verschließen könnte, den sie mit Plastik umwickelte und dann mit Gummibändern oder Schnürsenkeln oder irgendetwas anderem sicherte, damit er dort blieb, wo er war. All diese Maßnahmen konnten jedoch nicht verhindern, dass dem Jungen einmal heißes Wasser über die rechte Schulter rann, weshalb sie seither immer erst warten mussten, bis er todmüde war, weil er sich die Wärmeflasche sonst nicht auflegen ließ.

»Única, der Junge muss dringend zum Arzt ...«

Am nächsten Tag war das Hundewetter immer noch nicht vorbei und El Bacán blieb zu Hause, um sich zu erholen, während seine Eltern erschöpft von der durchwachten Nacht zur Arbeit gingen.

»Was denkt sich Gott nur dabei?«

»Zieh Gott da nicht mit rein!«

»Ist doch egal, Er hält sich sowieso raus.«

»Wenn du weiter so lästerst, lasse ich mich scheiden.«

»Hier gibt es doch keinen Anwalt ...«

»Meine Beine bringen mich noch um. Es ist immer das Gleiche mit der Kälte.«

Am späten Vormittag machten die beiden Alten eine Pause, um nach El Bacán zu sehen, ihm etwas Heißes zu trinken zu geben und ihm eine Weile Gesellschaft zu leisten.

»Der Junge sieht schon ganz fahl aus.«

»So ist es immer, wenn er die Grippe hat.«

Die Taucher wickelten sich in alles ein, was sie hatten, es war aber nie genug. Manche gingen in Jutesäcke gehüllt, die sie sonst als Decken verwendeten, aber der kalte Wind durchdrang alles. Der graue Himmel diente als Deponie für die verbrauchten Wolken aus dem Norden, die von einem Müllwagen namens Wind nach Costa Rica gebracht wurden.

Oso Carmuco kam in der purpurnen Soutane zur Arbeit, und auch wenn ihm das nicht bewusst war, flößte es der Gemeinde doch Mut ein, dass ihr Pfarrer privilegienlos Seite an Seite mit ihnen arbeitete und die Launen Gottes erduldete.

Die Taucher zündeten in Fässern Feuer an, aber der Wächter drohte ihnen mit der Polizei, wenn sie sie nicht wieder ausmachten, weil ein Brand auf der großen Müllhalde in Río Azul eine gefährliche Methangasexplosion verursachen konnte. Die Taucher hatten keine Ahnung, was das war, und glaubten auch nicht daran. Trotzdem hörten sie auf ihn, aus schierer Angst davor, dass es ihnen sonst die Polizei erklären würde.

In der Stadt wehte den Menschen ein ebenso kalter Wind um die Ohren; letztendlich waren auch sie Taucher, aber von anderen Meeren, in ihrem Leid und ihrer Suche undurchschaubar für die Bewohner der Müllhalde, die ihr genaues Gegenteil waren.

Der Februar wurde vom Wind fortgetragen, und dieser Wind, der vor ein paar Monaten Mondolfos Nase und Lunge gutgetan hätte, fühlte sich für ihn jetzt, da er Frischluft nicht mehr vom fauligen Hauch der Müllhalde unterscheiden konnte, einfach nur saukalt an.

Während der Kaltfront waren die Behausungen nachts so eisig wie Tiefkühltruhen. Die Blechdosen, aus denen Dächer und Wände bestanden, kühlten ab, sodass selbst die Verzweiflung der Taucher an Bord der Müllhalde frisch gehalten wurde.

»Ich vermisse sogar die Regenschauer vom Oktober, da war es wenigstens nicht so kalt!«

——— * ———

Die Schließung der Müllhalde war wieder in den Nachrichten; dieses Mal jedoch, weil alles wieder von vorn begann: Der Präsident versicherte, dass die neue Deponie am ersten Juni den Betrieb aufnehmen würde und die Einwohner von Río Azul bis dreißigsten April ohne Straßenblockaden, Proteste und Geplärre die Schließung abwarten würden. Allerdings fehlte seinem Versprechen, ganz wie es der Natur des Präsidenten entsprach, jede Grundlage: Die Vorbereitung des Areals in Esparza würde bis zum frühen Nachmittag des Sankt-Nimmerleins-Tags dauern; die Umrüstung der Züge für den Mülltransport noch ein wenig länger und die Schienen wären gleich am Tag darauf repariert.

Ein paar kluge Köpfe sprachen von systematischem Recycling als einzigem Ausweg aus dem Müllproblem: Verpflichtendes Sortieren des Mülls, verschiedene Sammelbeutel und Sammelstellen in den Gemeinden, verschiedene Müllwagen, Abholung von Biomüll an geraden, von Feststoffen an ungeraden Tagen etc. Aber der Bevölkerung im ganzen Land ein so diszipliniertes Verhalten beizubringen war ein Projekt für mindestens zwei Generationen. In dieser Zeit hätte sich der Müll bereits einen beträchtlichen Teil des Staatsgebiets von Costa Rica einverleibt; und dieses groteske Bild war keineswegs eine unglückliche Übertreibung. Tatsächlich glichen die Flusssysteme der Gran Área Metropolitana bereits riesigen Kloaken unter freiem Himmel; die Flüsse María Aguilar, Torres, Tiribí, Segundo, Grande, Ocloro und Tárcoles sowie die Bäche, die sie speisten – Lentisco, Negritos, Bermúdez und Rivera – erstickten langsam an den Abwässern der Kaffeeverarbeitung, den Fäkalien und den chemischen Abwässern aus ein paar Fabriken.

Insgesamt erging es dem ganzen Land so wie jenen Dörfern, die nicht wissen, wohin mit ihrem Abfall: Es wurde zu einer riesigen Müllhalde und kein Einwohner konnte mehr von sich behaupten, dass er nicht zumindest im tiefsten Inneren einem Taucher ähnelte, weil es hier schon seit Jahren niemanden mehr gab, der nicht in der Luft, im Wasser und in den Lebensmitteln tauchte, die durch den ganzen Dreck rundherum verseucht waren ... Chemie, Agrochemie, Pestizide, Abwässer und andere aromatische Gewürze, über die niemand mehr einen Überblick hatte.

———— * ————

Hätte der alte Mondolfo gewusst, dass die Müllhalde zehn Jahre später immer noch genau dort sein würde, wo er sie vorgefunden hatte, dann hätte er sich sicherlich nicht so viel Mühe damit gegeben, die Informationen aus den Zeitungen zu enträtseln, und sich die Seelenqualen und Sorgen um die Zukunft seiner Familie erspart. Nun beschäftigte sich der Alte abwechselnd mit seiner Arbeit und der Telenovela, zu der sich die Schließung der Müllhalde und die Eröffnung der neuen Deponie entwickelte.

Er alterte vorzeitig. Sogar den Tauchern fiel auf, wie oft er Selbstgespräche führte, wie wild sein Bart wucherte und wie seine Augen hervorquollen.

»Wenn du so weitermachst, kommst du bald unter die Erde.«

Ihm fielen büschelweise die Haare aus.

»Nicht mehr lang und ich brauche eine Perücke.«

In den Monaten, die er schon auf der Müllhalde lebte und die er an den neuen Knopflöchern abzählen konnte, die er in seinen Hosenbund machen musste, schritt sein körperlicher Verfall voran. Diesen stillen Protest seines Körpers begleiteten abwechselnd Wut und Resignation, wobei am Ende die Wut überwog.

Der Alte kam auf die bislang verrückteste seiner Ideen: Er nahm Papier und Bleistift, zwei Dinge, die Única – möglicherweise berufsbedingt – immer daheim hatte, obwohl sie gar keinen Zweck erfüllten, und setzte sich hin, um einen Brief an den Präsidenten von Costa Rica zu schreiben:

»Lieber Junior María Caldegueres ...«

Wer weiß, was er sich da in stundenlanger Arbeit alles aus den Fingern sog, denn er brauchte so lange, um die paar Seiten vollzukritzeln, mit denen er dann hausieren ging, als trüge er, unter den Arm geklemmt, die Erklärung der Menschenrechte mit sich herum.

Der Alte wirkte dabei so fröhlich, als hätte jemand dieses Gefühl eigens für ihn in den Müll geworfen.

»Ich erzähle ihm in dem Brief alles! Alles, Única! Ich schreibe, dass ich während der Revolution seinen Vati kennengelernt habe, und alles über dich, El Bacán, Oso Carmuco und alle anderen, die hier leben ...«

»Das ist mir aber peinlich, Momboñombo!«

»Peinlich ist nur, von den Armen zu nehmen. Und dann schreibe ich noch, dass er uns helfen soll, Arbeit zu finden, dass wir einfache Leute sind, dass ...«

»Das kannst du alles schreiben?«

»Man tut, was man kann ...«, sagte der Alte stolz und zeigte ihr den Brief. »Ich schreibe auch, dass wir Armen keine schlechten Menschen sind ...«

»Dieses Papier ist so alt, das habe ich schon, seit ich hierher gezogen bin ...«

»Diesmal wird er mich nicht ignorieren.«

Am nächsten Morgen erwachte Mondolfo Moya Garro siegessicher. Beim Aufstehen trällerte er Lieder aus seiner Jugend vor sich hin, putzte sich die Zähne und verkündete, dass er jetzt etwas zu erledigen hätte.

Als er am Wächter vorbeiging, blieb er gerade einmal für einen kurzen Gruß stehen. An der Schule ließ er die Finger über den

Eisenzaun des Hofs gleiten und winkte den Kindern zu, die ihn gar nicht beachteten.

Dort, wo der Bus von Río Azul nach San Francisco hielt, kramte er ein paar Münzen hervor, die er aus Únicas »Handkasse« hatte und wartete die obligatorischen fünfundvierzig Minuten, bis die klapprige alte Blechbüchse auftauchte, die hier den öffentlichen Verkehr gewährleistete. Einmal eingestiegen, fielen dem Alten die abweisenden Blicke der anderen Fahrgäste nicht auf; er setzte sich ganz vorne hin, um mit dem Fahrer zu sprechen.

»Ruhe, Opa, oder du musst aussteigen!«

Früher waren sie hier aber freundlicher! Fast hätte er den Gedanken laut ausgesprochen, doch aus Angst, mitten auf der Strecke aussteigen zu müssen, hielt er lieber den Mund.

Lärm drang an sein Ohr, und er brauchte einige Zeit, um zu merken, dass es Musik war ... Musik! Die gab es ja auch noch auf der Welt, nur er hatte keine mehr gehört, seit er auf der Müllhalde gelandet war ... Er bekam feuchte Augen.

»So ein schöner Bolero aus meinen besten Zeiten!« Als ob es jemals so etwas wie »seine besten Zeiten« gegeben hätte.

Die Fahrt nach San Francisco dauerte gefühlt eine Ewigkeit. Als der Bus an der Ruta Periférica hielt, stieg er aus und wartete die obligatorische halbe Stunde, bis die nächste klapprige alte Blechbüchse auftauchte, und ihn – unter Lebensgefahr – nach Zapote brachte, wo sich der Sitz des Präsidenten befand. Er stieg aus und ging langsam und so aufgewühlt weiter, als rumorten Traktoren in seinen Eingeweiden, bis er den Eingang des Gebäudes erreichte.

Dort stand eine Gruppe schwer bewaffneter Polizisten.

»Guten Tag ...«

Keine Antwort.

»Guten Tag ...«

Wieder keine Antwort.

»Entschuldigen Sie bitte, Señores!«

Strenge Blicke in Richtung des Alten.

»Es ist nämlich so, dass ich einen sehr wichtigen Brief für Don Junior María Caldegueres abzugeben habe.«

Schallendes Gelächter.

Noch ein Versuch, sich verständlich zu machen.

Wieder schallendes Gelächter.

Beklommenheit.

Gleichgültigkeit.

»Señores, es geht um eine ernste Angelegenheit ...«

Und so wäre wohl der ganze Vormittag vergangen, wäre den Polizisten nicht der Geduldsfaden gerissen. Einer von ihnen nahm schließlich die schmuddeligen Zettel entgegen und versprach dem Alten, sie persönlich dem obersten Repräsentanten des Staates zu bringen.

Mondolfo machte sich irritiert, aber immer noch optimistisch auf den Heimweg.

»Zu Fuß.«

Der Preis für die Fahrkarte war für einen Taucher immens hoch.

Ein paar Stunden später war er wieder zu Hause, wo er Única untröstlich vorfand, weil ihr Mann sie verlassen hatte ...

»Du willst mich wohl in den Wahnsinn treiben!«

Sie hatte den ganzen Vormittag lang das Schlimmste befürchtet; aber als er ihr von der Übergabe des Briefs erzählte, verzieh sie ihm schon aus Mitleid.

»Caldegueres wird uns bald antworten. Da bin ich mir sicher.«

Auf die anderen, die im selben Boot saßen, machte Mondolfos kühner Vorstoß großen Eindruck, wenn auch nur vorübergehend.

»Den Mann darf man nicht unterschätzen.«

An jenem Tag grub der Alte im Müll, als würde er sein eigenes Land bestellen.

Única sprach ein ernstes Wörtchen mit ihm.

»Jetzt, wo du deinen Brief abgegeben hast, versprich mir, dass du dich nicht mehr aufregst und hier nicht mehr mit so einem Gesicht rumläufst und dir irgendwelche fürchterlichen Dinge ausmalst.«

Er versprach es. Er war sich sicher, dass in spätestens einem Monat eine Antwort käme.

———— * ————

Auf die Kältewelle im Februar folgte ohne frühlingshafte Übergangszeit eine Hitzeperiode im März.

El Bacán erholte sich gerade erst von seiner Erkrankung. Er war dünn geworden, fahl, schwach; »appetitlos«, wie sie sagten.

Als der Kleine es einmal nicht mithörte, erzählte Única ihrem Mann, auf welche merkwürdige Weise – man hatte es erst nach Tagen bemerkt –, eine Greisin während einer solchen Kaltfront gestorben war. Die alte Frau hatte auf der Seite der Müllhalde gelebt, an der auch die Durchfahrtsstraße lag.

Die Alte wusste, dass irgendetwas mit ihr, mit ihren Beinen, nicht stimmte, da es ihr immer schwerer fiel, die Gliedmaßen zu bewegen.

»Vielleicht habe ich Glück und sterbe bald ...«, hörte man sie sagen, wenn sie von den Brückenpfeilern zur Straße hochkletterte oder nach einem langen Arbeitstag mit fast leerem Beutel – mit allem, was ihr der Tag beschert hatte – wieder hinunterstieg. Also beschlossen die Leute unter der Brücke, die Behausung der alten Frau nach oben neben die Straße zu verlegen.

Sie taten es, weil sie mit ihr fühlten, wenn sie sahen, wie sie mit einem Rucksack voller Leiden auf dem Buckel, aber mit leerem Beutel bergauf und bergab ging. Sie war viel zu alt für ein solches Hin und Her und sehr einsam dazu.

Sie dankte es ihnen von Herzen.

»Wie sollen wir das Haus hinstellen?«

»Mit Blick auf die Fahrbahn!«, sagte sie und ließ sich die erste und letzte Gelegenheit in ihrem Leben, sich etwas zu wünschen, nicht entgehen.

Da ihr Haus jetzt nur wenige Meter von der Ost-West-Trasse der Durchfahrtsstraße entfernt lag, brauchte sie nur die Tür offenzulassen, und schon konnte sie sich die Zeit mit den bunten Flecken vertreiben, die die vorbeifahrenden Autos in die Luft zeichneten. Nachts, bei geschlossener Tür, half ihr das Brummen der Motoren beim Einschlafen.

Sie erkannte bald, dass die Kälte ihr nach hier oben treu gefolgt war: Genau wie zu der Zeit, als sie unten neben den Brückenpfeilern gelebt hatte, wachte sie morgens steifbeinig und mit laufender Nase auf.

Eines Nachts spürte sie, wie sich eine angenehme Wärme, die der Himmel geschickt haben musste, in ihren Beinen ausbreitete. Sie kuschelte sich in ihre Jutesäcke, schlief weiter und verbrachte so angenehm warme Morgenstunden wie schon seit Jahren nicht mehr.

Sie wachte um einiges später auf als gewöhnlich und genoss das unerklärliche Wunder noch ein wenig, bevor sie in einer mitleiderregenden Morgenroutine begann, ihren Körper, der eigentlich längst ausgedient hatte, aufzurichten. Als es ihr gelungen war, sich aufzusetzen, blickte sie nach unten ... und erstarrte; als der erste Schreck vorüber war, musste sie über das Wunder lachen, das geschehen war: Eine Füchsin hatte genau zwischen ihren Beinen in den Jutesäcken geworfen, säugte ihre sechs Jungen und knurrte wie eine eifersüchtige Mutter jedes Mal, wenn die alte Frau eine kleine Bewegung machte.

Nach einigen Tagen fiel jemandem auf, dass die Alte schon eine Zeitlang nirgends mehr gesehen worden war. Als sie sie fanden, war sie schon steif, den Blick auf die Jungfüchse geheftet. Die Füchsin war gerade nicht da, kam aber bald wieder zurück … Nur wenige Meter von ihrer Tür entfernt, brummten die Motoren ungerührt weiter.

———— * ————

Die Märzhitze ließ mit der Zeit den Boden der Müllhalde aufplatzen und Gase traten durch die Risse aus dem Untergrund aus.

Mondolfo freute sich darüber, dass er noch Gerüche wahrnahm, selbst wenn diese nicht angenehm waren; allerdings hatte diese Freude einen bitteren Beigeschmack. Man hatte den Eindruck, dass hier bald alles zerfließen würde und die Geier wie Ölflecken auf einem Meer aus Müll schwimmen würden, dass wie bei einer plötzlichen Schneeschmelze alles herunterkommen und das ganze Land fortspülen würde.

»Diese verdammte Hitze, da ist mir Regen wirklich lieber!«

»Du bist wohl nie zufrieden, was, Momboñombo?«

Der Zersetzungsprozess all der kompostierbaren Dinge, die auf der Müllhalde landeten, beschleunigte sich, was den Tauchern enorme Verluste bescherte.

Die Fliegen vermehrten sich bis ins Unendliche und der Schmutzfilm auf der Haut der Taucher war so rissig wie der Boden unter ihren Füßen.

Zu dieser Jahreszeit befand sich die Gemeinschaft der Müllhalde im Würgegriff des Durstes, einer uralten Plage, die noch grausamer als Hunger ist.

Die Taucher bastelten aus ihren Jutesäcken Zelte, um sich wenigstens zwischendurch vor der Sonne zu schützen. Nicht einmal Únicas Befehlston schaffte es, Oso Carmuco dazu zu bewegen, seinen purpurnen Fetzen anzuziehen.

»Ein Pfarrer darf weder ohne Hemd noch in kurzen Hosen herumlaufen, egal wie heiß es ist!«

Der Hügel war ein Hexenkessel. Da es nicht einmal nachts kühler wurde, schliefen die Taucher unter freiem Himmel, zumal die Blechdosen, aus denen Dächer und Wände bestanden, sich so unbarmherzig aufheizten wie ein Backofen.

Auf der verzweifelten Suche nach Wasser verstreuten sich die Taucher über die angrenzenden Viertel. Wenn es ging, tranken sie direkt aus den Wasserhähnen in den Gärten; dann füllten sie ihre Eimer und suchten das Weite. Spätabends, wenn die Menschen schon schliefen, waren solche Aktionen erfolgreicher, denn sie konnten die Wasserräuber nicht hören und daher auch nicht aus dem Haus laufen, um sie zu vertreiben. Manche Leute aus der Nachbarschaft entfernten den Griff vom Wasserhahn, um die Diebstähle zu verhindern, aber die Taucher hatten für den Notfall meistens einen eigenen dabei.

»Ein wenig Wasser darf man niemandem vorenthalten ...!«

»Da siehst du's, nicht einmal das gesteht man uns zu!«

»Wenn uns der Präsident erst einmal eine Arbeit für uns gefunden hat, kaufen wir uns ein Häuschen mit Garten und allem Drum und Dran ...«

»Wie bitte? Wovon redest du?«

»Von dem Brief. Wenn der Präsident ihn liest, wird er uns helfen und ...«

Und der verderbliche und biologisch abbaubare Monat März, der so alt wie jeder durchschnittliche Monat geworden war, verschied auf der Müllhalde und hinterließ dem April seine unerledigten Aufgaben. Beim Begräbnis die ewig gleiche Taucherschar, über hundert prunkvolle Müllkutschen im Geleit und Geier im strengen Schwarz lebenslanger Trauer.

Und schon begann der nächste Monat mit einer erschreckenden Schlagzeile:

RÍO AZUL SCHLIESST SEINE DEPONIE
ZUM DREISSIGSTEN APRIL

Es kam nie eine Antwort auf den Brief ... Wer hätte das gedacht?

»Das waren Don Junior María Caldegueres' Beschützer. Sie haben ihm den Brief nie gegeben, denn wenn sie es getan hätten ...«

»Und wenn sie es doch getan haben? Hast du vielleicht irgendwelche unmöglichen Sachen geschrieben und den Präsidenten verärgert?«

Im April ließ die Hitze allmählich nach.

»Früher haben die Präsidenten noch mit den Leuten auf der Straße geredet.«

»Von welchen Präsidenten sprichst du?«

»Na, von denen von früher eben ...«

»Und hast du einmal daran gedacht, dass Caldegueres deinen Brief vielleicht gelesen hat, aber nicht beantworten will?«

»Du glaubst doch nicht, dass er so etwas tun würde! Wenn er nur einmal kommen und mit uns Armen reden würde ... Wenn er sehen könnte, wie wir leben, wenn er unsere Nöte kennen würde ...«

Única brachte es nicht übers Herz, ihm zu sagen, dass der Präsident ihrer Meinung nach sehr wohl von seinem Brief erfahren haben musste. Und tatsächlich war dem Präsidenten etwas von »so einem Wisch« gesagt worden, den »ein Bettler für Sie abgegeben hat«, wie die Polizisten es ausdrückten, als sie ihm die Nachricht übergaben, damit er etwas zum Lachen hatte. Aber derartige Belege für die Armut im Land fand der oberste Würdenträger überhaupt nicht zum Lachen. Immer, wenn er irgendwo einen Armen erblickte, kam wieder dieselbe Leier; er behauptete, dass die Leute nicht arm seien, sondern nur so täten, denn wer sich Malangapüree zu essen leisten könne, habe überhaupt keinen Grund, sich arm vorzukommen. Das hatte er das Volk auch in einer seiner berühmten Ansprachen wissen lassen, in denen er versuchte, den Leuten etwas gesunden Menschenverstand einzuimpfen, indem er ihnen dazu riet, auf überflüssiges Wissen aus dem überholten Bildungssystem zu verzichten:

»Mathematik ... Wofür denn?«, sagte der sich als weise verkaufende Leithammel der Nation in seinem Versuch, die Herde zu führen, die er in einer einzigen politischen Bewegung hinter sich vereint hatte, indem er – mit sich selbst – den berühmten »Caldegueres-Pakt«[1] geschlossen hatte.

»Wann ist es schon jemandem im Leben besser ergangen, weil er alle Hauptstädte der Welt auswendig konnte?«, rief er emphatisch und zermarterte sich das Hirn darüber, wie er das am besten der – seiner Meinung nach völlig bekloppten – Bürgerschaft einbläuen könnte.

»Was nützen Violinen, wenn es keine Unternehmer gibt?«, rief er feierlich und lud die Bildhauer ein, den Wirtschaftskammerleuten Statuen zu errichten und die Dichter, ihre illustren Memoiren zu besingen.

»Bürger, die uns bei internationalen Programmen vertreten, braucht das Land«, fügte Big Brother noch hinzu und ballte die Hand zur Faust, als würde er darin einen Anti-Stress-Ball zerquetschen.

Das schmutzige Papier mit Mondolfo Moya Garros gekritzelter Schrift zerknitterte in seiner Hand. Er knüllte es ganz zusammen

---

[1] Anspielung auf den sogenannten »Pacto Figueres-Calderón«.
1995 paktierte der Präsident von Costa Rica José María Figueres Olsen mit dem Oppositionsführer Rafael Ángel Calderón Fournier, wodurch es de facto keine Opposition mehr gab. (Anm. d. Übers.)

und warf es eigenhändig in den Papierkorb in seinem Büro, ohne es auch nur zu überfliegen – und damit war der Fall des Bettlers für ihn erledigt.

———— * ————

Im April schien auf einmal das Ende der Welt nah. Sie wurden vor vollendete Tatsachen gestellt: Die Deponie sollte am Dreißigsten um fünfzehn Uhr für immer ihre Pforten schließen, oder die Einwohner von Río Azul würden mit Gewalt dafür sorgen, indem sie den Müllwagen die Zufahrt versperrten.

Durch die Vereinbarung mit der Regierung wuschen die Einwohner der angrenzenden Stadtviertel ihre Hände in Unschuld; von nun an wären die Tonnen an Müll, die die Gran Área Metropolitana Tag für Tag produzierte, nicht mehr ihr Problem.

Die Vereinbarung, unterzeichnet vom Präsidentschaftsminister und den Ministern für Natürliche Ressourcen, für Energie und Bergbau und für Innere und Äußere Sicherheit, sah vor, dass die Nichterfüllung auch nur eines vereinbarten Punktes einen Kündigungsgrund darstellte, was in der Folge den Staat von allen Pflichten entband.

Trotzdem verkündete der Präsidentschaftsminister öffentlich, dass ein eigens eingerichteter Weisenrat die auch von den Bürgervertretern der Stadtviertel unterzeichnete Vereinbarung genau auf mögliche Unzulässigkeiten prüfen sollte.

Die Nachricht schlug in den betroffenen Stadtvierteln wie eine Bombe ein. Die Bürgervertreter bekräftigten den festen Willen der von ihnen Vertretenen, die Angelegenheit genau wie vereinbart zu einem Abschluss zu bringen, doch der Minister für Innere und Äußere Sicherheit drohte mit Polizeigewalt, falls die Einwohner »irgendein Recht verletzten«, wie zum Beispiel das auf Transitfreiheit, wobei er sicherlich die Transitfreiheit der Müllwagen im Sinn hatte ...

»Die Regierung führt uns an der Nase herum ...«

»Die Regierung führt doch alle an der Nase herum ...«

Ganz Costa Rica wusste, dass die Regierung das Müllproblem gar nicht lösen konnte. Es gab einfach keinen Ort, um den Müll abzuladen. Nur wenige Tage später wurde verlautbart, dass die ausländische Firma, die mit der Einrichtung der neuen Deponie beauftragt worden war, mit der Umweltverträglichkeitsprüfung für das Gelände in Esparza bereits fertig war. Das Ergebnis der Studie war erstaunlich: Das Areal war so geeignet für die Errichtung der neuen Müllhalde, dass niemand sich erklären konnte, wieso der liebe Gott es nicht schon von Anbeginn aller Zeiten dazu auserkoren hatte.

Wissenschaftler der Universität hatten ebenfalls eine Studie erstellt, deren Schlussfolgerungen jedoch diametral entgegengesetzt waren: Die Deponie wäre so weit von der Stadt entfernt wie sonst nirgends auf der Welt, was die Kosten der Müllabfuhr, die die Bürger zu tragen hatten, spürbar in die Höhe treiben würde. Außerdem würde das ökologische Gleichgewicht des Areals und seiner Umgebung, ebenso wie der Tourismussektor mehrerer Gemeinden, gravierend beeinträchtigt; der Standort würde auch noch zahlreiche weitere Nachteile mit sich bringen.

Es war eine politische Entscheidung gewesen, keine fachlich fundierte; und so blieb die Regierung bei ihrer Wahl.

Hätte Mondolfo Moya Garro geahnt, dass der Müll aus der Gran Área Metropolitana niemals in Esparza landen würde, dann hätte er wohl auch nicht den verzweifelten Plan geschmiedet, auf den er die über vierhundert Taucher einschwören wollte, um Druck auszuüben: Ein friedlicher Protestmarsch!

»Aber ja! Zum Sitz des Präsidenten!«

Er redete mit allen, suchte einen Taucher nach dem anderen auf und erklärte es ihnen; er ging von Behausung zu Behausung, redete Tag für Tag beim Abendessen davon, er sprach und sprach ...

»Aber putzt euch alle gut die Zähne, bevor ihr mit dem Präsidenten redet!«

Única hielt als vernünftige Frau wenig von unbesonnenen Aktionen. Die Idee überzeugte sie nicht so recht.

»Kann ich mitkommen und auch mit dem Präsidenten reden?«

»Aber ja, El Bacán, wo sollten wir dich denn lassen?«

Oso Carmuco versprach, an dem Tag die Soutane zu tragen.

Der Alte ging mit vergilbten Zeitungen hausieren, seinen Argumenten, um die anderen, die im selben Boot saßen, davon zu überzeugen, an dem Tag nicht ihr tägliches Brot zu verdienen, sondern ein paar Kilometer zu gehen.

»Er ist wunderlich!«

»Aber er sagt, es geht darum, dass sie uns hier nicht rauswerfen.«

Única machte die Angelegenheit mit dem Protestmarsch nervös. Ihre Taucherkolleginnen fragten sie ständig, ob sie mitging ...

»Wenn du dabei bist, bin ich auch dabei ...«

An die fünfzig Taucher hatte Mondolfo bereits ins Boot geholt, als er den Marsch für den nächsten Tag ankündigte.

Die Anweisungen waren klar: Alle sollten sich anständig benehmen, nicht einen Stein werfen, nicht ein Schimpfwort aussprechen, und dem Präsidenten zur Begrüßung höflich die Hand geben.

Und so stellten sich um die fünfzig Taucher im Sonntagsstaat hintereinander auf und gingen hügelabwärts, um sich zum Sitz des Präsidenten zu begeben.

Taucherinnen und ihre tauchenden Kinder, junge Taucher, vergreiste Taucher, der ein oder andere Hund, der ein Stück weit mitlief – die normalen Menschen erlebten ein unglaubliches Schauspiel, einen Marsch wie von mittelalterlichen Leprakranken, der den Verkehr lahmlegte und die Transitfreiheit der Autofahrer beschnitt. Oso Carmuco tanzte mit zur Seite geneigtem Kopf und herabhängenden Armen so, wie die komische Riesenfigur der »Giganta« es sonst immer bei großen Umzügen tat, und die Taucher sangen in naivem Frohmut im Chor:

»Drei Matrosen mit dem Kontrabass saßen am Meer und erzählten sich was. Da kam ein Taucher an: ›Ja, was ist denn das?‹ Drei Matrosen mit dem Kontrabass. Mit A: Dra Matrasan mat dam Kantrabass saßan am Maar and ...«

Mondolfo Moya Garro ging an der Spitze des Zugs. Er war so zufrieden mit sich wie selten in seinem Leben, weil er überzeugt war, eine Lösung gefunden zu haben.

Im Chor:

»Mit E: Dre Metresen met dem Kentrebess seßen em Meer end erzehlten sech wes ...«

El Bacán ging an Únicas Hand und winkte den Passanten zu. La Llorona wusste gar nicht, was sie hier tat, lief aber mit der Puppe auf dem Rücken und verlorenem Blick neben Única her.

Im Chor:

»Mit I: Dri Mitrisin mit dim Kintribiss sißin im Miir ind irzihltin sich wis ...«

Niemand hatte mehr den Überblick, die Autofahrer wurden wütend und veranstalteten ein Hupkonzert, Passanten blieben stehen und sahen die Parade der auf den Müll geworfenen Menschen vorbeiziehen, und mehr als einer hielt die Taucher für Schauspieler, die zum Spaß die Ruhe störten.

Im Chor:

»Mit O: Dro Motroson mot dom Kontroboss soßon om Moor ond orzohlton soch wos ...«

Der Schandfleck der Armut breitete sich über San Antonio de Desamparados aus, durchflutete San Francisco de Dos Ríos und drohte, noch vor Mittag Zapote zu erreichen, denn wenn das Elend sich in dieser Art ansammelt und auf die Spitze getrieben wird, dauert es nicht lange, bis es sich über den Rest der Gesellschaft ergießt.

Im Chor:

»Mit U: Dru Mutrusun mut dum Kuntrubuss sußun um Muur und urzuhltun such wus ...«

Unterwegs schlossen sich ihnen noch mehr Taucher an, ohne überhaupt zu fragen, wohin sie gingen und wieso.

Die Leute ließen ihnen zur Sicherheit den Vortritt, und die Autofahrer unterdrückten den Instinkt, sie zu überfahren. Die Besitzer der an der Straße gelegenen Läden verschlossen ihre Türen, bis die ungewöhnliche Parade vorbeigezogen war. Aber ungefähr drei Kilometer vor ihrem Ziel wurden die Taucher von einer Funkstreife eingeholt, die bis zur Spitze des Marsches vordrang und Mondolfo ins Verhör nahm.

»Ja, richtig, wir wollen mit dem Präsidenten reden.«

Die Polizisten sahen vor sich einen zerlumpten Haufen. Sie sahen auch, wie entschlossen der Anführer schien, seinen Plan durchzuziehen, und verständigten, ihrem Instinkt getreu, die Ordnungshüter am Sitz des Präsidenten.

Schneller als sich eine Tür schließt, hatte die Polizei das Ziel mit einem Plastikband abgesperrt.

Die Taucher sangen weiter, mitten auf der Straße, dahinter eine Autokolonne, und fanden höchstwahrscheinlich, dass sie in ihrem ganzen Leben noch nie so einen Spaß erlebt hatten wie jetzt.

»Wir sind unbewaffnet und wollen den Präsidenten sprechen!«

Der Mann in Uniform, vor dem Mondolfo stand und nach dem Präsidenten verlangte, nahm sein Funkgerät und sprach Zahlencodes hinein, wobei Mondolfo den Eindruck hatte, dass er das Einmaleins aufsagte.

»Der Señor Presidente ist gerade sehr beschäftigt und bittet Sie, nach Hause zu gehen. Er verspricht, Sie dort aufzusuchen, sobald er Zeit hat.«

»Sagen Sie ihm, mit Verlaub, dass wir uns nicht von hier wegbewegen, bis er mit uns redet.«

Wieder das Funkgerät, wieder Zahlencodes ...

»Zwei und zwei macht vier, vier, vier und zwei macht sechs, sechs und zwei macht acht, und acht macht sechzehn. Kommen.«

»Verstanden, Ende.«

Erleuchtet von Rambos Geist fanden die Polizisten einen besonders effektiven Weg, den Haufen Stinktiere loszuwerden, bevor ihr Moschusgeruch für alle Zeiten den Amtssitz des Präsidenten verpestet hätte. Auf einmal erschien wie der Urzeit entsprungen das Feuerwehrauto mit seinem Wasserwerfer: Fünfundzwanzig Meter hoch. Den Tauchern stand der Mund offen und sie erstarrten, als sie das vorsintflutliche Ungeheuer aus einer Entfernung von weniger als einem halben Häuserblock auf sich zukommen sahen. Dann begannen sie zu klatschen, weil sie glaubten, dass da der Präsident käme. Hinter dem Feuerwehrauto ... treu der Tankwagen.

Der Dinosaurier hob den Schlauch und spritzte ab: Prickelnd kaltes Wasser, das die Taucher von oben bis unten nass machte ... Jubelgeschrei und begeisterter Applaus. Die Taucher waren ehrlich begeistert von diesem Empfang durch den Präsidenten. Sie waren gerührt, fühlten sich geehrt und wollten gern näher kommen.

Der Mann mit den Zahlencodes rief jetzt Lottozahlen und eine weitere Ladung fegte die Armen hinweg. Aus dieser kurzen Distanz bewirkte der Wasserstoß, dass die Taucher über den Boden kullerten und mehr als nur einer nach Luft schnappte.

Sie waren verwirrt. Única wusste nicht, was mit El Bacán passiert war, bis sie ihn weinend auf der Straße sitzen sah – das Wasser hatte ihn mit voller Wucht erwischt.

Oso Carmuco versuchte daneben zappelnd, sich aus seiner vom Wasser durchtränkten Soutane zu befreien. Die Bibel war ihm aus der Hand geschleudert worden, und er sah sie nie wieder.

»Momboñombo, das gefällt mir nicht, schau, was sie mit dem Kleinen gemacht haben ...«

Mondolfo, der mehrere Monate lang nicht gebadet hatte und dem die Suppe nur so aus dem Bart tropfte, wollte sich zu den Polizisten durchkämpfen, um ihnen zu sagen, dass sie alle unbewaffnet protestierten und doch nur mit Don Junior María Caldegueres reden wollten. Aber jeder Versuch, sich ihnen zu nähern, wurde mit einer Ladung Wasser quittiert, bis die Taucher beschlossen, das Beste daraus zu machen und im Wasser zu tanzen begannen.

»Gehen Sie weiter! Gehen Sie weiter!«

»Mit A!«

»Gehen Sie weiter! Gehen Sie weiter!«

»Mit E!«

Mondolfo lief zwischen den Tauchern hin und her und rief, dass sie aufhören sollten ...

»Mit I ...« Dass sie weglaufen sollten, dass die Polizisten schon ihre Schlagstöcke hervorholten ...

»Mit O ...« Aber die Taucher fanden, dass dieses Brausebad das Vergnüglichste war, das sie je erlebt hatten, und waren einfach nicht aufzuhalten ...

»Mit U.«

Única versuchte El Bacán zu beruhigen, der laut heulte, weil das Wasser ihn an der Brust getroffen hatte und ihm alles wehtat.

Oso Carmuco schaffte es nur, aus der Soutane zu schlüpfen, indem er die Finger in eines der Löcher steckte, die der Stoff schon hatte, und ihn zerriss. Der purpurne Fetzen landete im Rinnstein und wurde vom fließenden Wasser direkt in den gähnenden Schlund eines Gullys gespült, der ihn mit einem Schluck verschlang.

Es gab weder Presse noch andere Zeugen abgesehen von den Fahrern, die in den umliegenden Straßen im Stau standen. Auch vereinzelte Passanten sahen aus sicherer Distanz zu, aber niemand sagte etwas.

Der Tanz ging weiter, bis die Reserven des Feuerwehrautos und des Tankwagens erschöpft waren.

Als der letzte Tropfen verschossen war, protestierten die Taucher lautstark und forderten mehr ... Da aber nichts mehr kam, sahen sie ein, dass die Party vorbei war, und machten sich am späten Nachmittag, nass bis auf die Knochen, auf den Heimweg.

Der Besuch war ein Reinfall gewesen, allerdings sahen das nur Mondolfo und Única so. Mondolfo war am Boden zerstört und wollte sich nur noch im Müll verkriechen so wie vor sechs Monaten. Alle anderen waren zufrieden und wollten bald wieder mit dem Präsidenten spielen gehen.

El Bacán bekam schon auf dem Rückweg einen fürchterlichen Hustenanfall.

Sie trockneten unterwegs. Nach dem stundenlangen Gang zur Müllhalde waren sie so müde, dass niemand mehr auf die Idee gekommen wäre, noch Abendessen zu machen. Alle legten sich sogleich auf ihre Kartons.

———— ★ ————

»Der Kleine hustet nur noch ...«

El Bacán hatte Fieber, er hustete und wälzte sich stöhnend hin und her.

»Única, wir müssen was tun, der Junge ist schwer krank, so habe ich ihn noch nie erlebt.«

»Es ist immer so, wenn er die Grippe hat ... und so nass, wie er geworden ist ...«

Entgegen aller Vorhersagen war es in Río Azul am nächsten Tag sonnig, und die Taucher gingen wie gewohnt ihrer Arbeit nach.

Als Oso Carmuco frühmorgens bei Única vorbeikam, bot sich ihm ein trauriger Anblick: Única und Mondolfo hatten die ganze Nacht kein Auge zugetan; El Bacán beutelte immer noch der Husten, sooft sie ihm auch die Brust wärmten und ihm den Nacken mit Alkohol einrieben. Als der Morgen kam und es wärmer wurde, schlief der Junge endlich ein. Seine Eltern nutzten die Gelegenheit, um sich Frühstück zu machen. Es gab warme Tortillas und schwarzen Kaffee für drei, da Oso Carmuco spontan beschloss, zu bleiben und sie zu unterstützen.

»Única, hast du gesehen? Ich bin kein Priester mehr ...«

Da er die äußeren Zeichen seiner Rolle verloren hatte, nahm Oso Carmuco an – nicht ohne Erleichterung –, dass er sie nicht mehr ausfüllen musste; die Aufgabe hatte schon immer seine Kräfte überstiegen.

Única beklagte es sehr, dass sie nicht vernünftig genug gewesen war, dem Marsch fernzubleiben oder ihn am besten gleich zu verhindern.

Mondolfo fühlte sich hundeelend und wollte sich einfach nur verkriechen und sterben; er konnte nicht aufhören, sich Vorwürfe wegen des Unglücks zu machen.

»Gehen wir mit ihm ins Krankenhaus, Única, dort müssen sie sich um ihn kümmern.«

»So weit kann er gar nicht laufen. Außerdem hat er keine Papiere, und wenn sie das merken, nehmen sie ihn mir weg ...«

Mondolfo stellte sich auf die Straße, um jemanden zu finden, der ihm half, seinen Sohn ins Krankenhaus zu bringen. Nach einer Stunde war er zurück und davon überzeugt, dass die Welt einfach scheiße war.

»Keiner hilft uns ... Wenn El Bacán irgendwas passiert ...«

»Sag sowas nicht! Es geht ihm bald wieder gut.«

Aber El Bacán hustete sich den ganzen Tag die Seele aus dem Leib.

Einige Müllhaldenkinder lagen mit Grippe im Bett ... »Im Bett« ist aber nur so eine Redensart; sie lagen fiebernd auf ihren Kartons und schwitzten.

»Das mit dem Wasser konnte wirklich niemand wissen«, sagten die anderen Taucherinnen zu Única, wenn sie vorbeikamen, um nach El Bacán zu sehen.

Als der Junge am dritten Tag immer noch krank war, ging Mondolfo einen Arzt suchen.

»Irgendjemand muss doch kommen und etwas tun.«

Ein paar Stunden später war er zurück und brüllte etwas, das sich sinngemäß damit zusammenfassen ließ, dass die menschliche Spezies insgesamt Schmutz sei, allerdings ein wenig vulgärer ausgedrückt.

Er hatte keine Hilfe auftreiben können.

»Der Kleine will nicht mehr essen!«

Única war nur noch Haut und Knochen. Mondolfo konnte sie nicht dazu bringen, sich auch nur kurz auszuruhen, zu schlafen oder etwas anderes zu sich zu nehmen als das harte Stück Brot, das sie noch hatten, oder ein paar Bissen von dem, was ihre Nachbarinnen vorbeibrachten.

Die Reserven gingen zur Neige und Mondolfo tauchte jeden Vormittag ein wenig. Ihre Freunde halfen aus, so gut sie konnten. Doch Mitte April war El Bacáns Zustand irreversibel. »Schwäche«, sagten sie; aber es war mehr als das ... es war eine vereiterte Lunge, es war grüner Schleim, den er ausspuckte – es waren mehr als zwanzig Jahre auf der Müllhalde.

Única verließ das Krankenbett ihres Jungen nicht, erzählte ihm die vertrauten Geschichten ...

»Es waren einmal ein sehr, sehr armer und ein sehr, sehr reicher Junge ...«

Sie sang die vertrauten Lieder ...

»Immer, wenn der Mond aufgeht, spielen viele Zwerge auf dem Berge ...«

Sie sagte das vertraute Gedicht auf ...

»Ich hege eine weiße Rose ...«

Mondolfo ging persönlich zu jedem Arzt, den er in Río Azul und San Francisco de Dos Ríos erreichen konnte, aber trotz all der »Ríos« gab es kein rettendes Boot und der Schiffbruch schien unvermeidlich. Wenn die Ärzte ihn nach der Adresse fragten und er »oben auf der Müllhalde« sagte, hielten sie es für einen Scherz oder, noch schlimmer, für eine Falle.

Wenn Mondolfo nach Hause zurückkehrte, bot sich ihm immer dasselbe Bild: El Bacán redete im Fieber, er sang, rezitierte Verse, er schrie ... Und Única saß wie versteinert daneben. Da war kein Heiliger mehr, dem sie nicht versprochen hatte, ihr Leben hinzugeben, wenn er nur El Bacán rettete, und keine Perle am Rosenkranz, die nicht völlig abgenutzt war, weil sie ihn so oft betete.

Auch Oso Carmuco verließ das Krankenbett des Jungen nicht, und die anderen Freunde kamen und gingen und brachten alles Mögliche und Unmögliche mit, um den Kleinen gesund zu machen: Spielzeug, Pfefferminzpastillen, Alkohol zum Einreiben, Feuerholz ... Schließlich tat La Llorona etwas, das Única den Rest gab: Sie nahm sich die Puppe vom Rücken, setzte sie neben El Bacán und begann genauso bitterlich zu weinen wie Única. Alle hörten einen brummenden Motor näherkommen, der nie abgestellt wurde; den Müllwagen des Todes, der die Müllhalde schon eine Weile nicht mehr besucht hatte, um die Seelen abzuholen, die Abfall waren.

Única war nur noch Haut und Knochen; so fahl wie eine aus Kaffeewurzel geschnitzte Figur. Ihre Kleider klebten ihr vom Schweiß ihres Sohnes und ihrem eigenen am Körper. Binnen weniger Wochen musste sie am eigenen Leib erfahren, dass der Glaube der Armen keine Berge versetzt. Ihr Blick verdüsterte sich, als versänke er im Treibsand ihres ungläubigen Gesichts, als verlöre er sich im Nebel ihrer wahnsinnigen Resignation. Sie blinzelte nie. Ihr waren keine Tränen mehr geblieben, und kein Tropfen Spucke.

Mondolfo lief in der Behausung hin und her, er schrie vor Raserei, dass das doch nicht möglich sei, oder auch, dass alles seine Schuld sei. Er trank mit einem Schluck den letzten Rest Rum, den ihm El Novio in einer leeren Cola-Flasche mitgebracht hatte, aber auch der konnte den Kloß in seinem Hals, an dem er zu ersticken meinte, nicht wegspülen.

Und während die menschliche Spezies kollektiv Schiffbruch erlitt, wurde El Bacán immer ruhiger. Die fauchenden Katzen in seiner Brust schlossen Frieden, und der Junge starb vor den leeren Augen seiner Eltern.

Mondolfo schrie so laut wie eine Hyäne und zerkratzte sein Gesicht; Única blieb regungslos, unbeteiligt angesichts ihres schluchzenden Manns, ihrer schluchzenden Freunde.

»Oh, Gott, Única, es gibt einfach keine Gerechtigkeit auf der Welt...«, ächzte Mondolfo tränenerstickt.

»Gibt es schon ...«, war das Letzte, was sie flüsterte, »aber niemand stellt sie her.«

———— * ————

Ein paar Taucherinnen rasierten El Bacán den Bart ab und tupften ihm Rouge auf, um seinem Gesicht etwas Farbe zu verleihen. Dann hielt die Gemeinschaft der Taucher eine Nacht lang Totenwache und holte dabei jene für das Kleine von La Llorona nach, das im Müll erstickt und von der Müllhalde verschluckt worden war, denn die hatte sie damals ja nicht halten können.

Ein Körper und noch einer, leblos auf dem Klappbett.

Daneben ein paar Kerzen.

Wehklagen, Gebete, Tränen.

Starker Kaffee, den alle spendeten, die welchen hatten.

Eine ruhige Nacht auf der hohen See der Müllhalde.

Ein recyceltes Kreuz am Kopfende.

Eine zerlumpte Sonne, die den schlimmsten aller Tage nach der schlimmsten aller Nächte ankündigte.

Mit den ersten Sonnenstrahlen wurde El Bacáns Leichnam ins Zentrum der Müllhalde gebracht und dort auf den bloßen Boden gelegt. Auf ihm ruhte der Leichnam von La Lloronas Puppe.

Única strich ihrem Jungen mit verzweifelter Hand übers Gesicht. La Llorona berührte das Gesicht der Puppe. Und alle sahen ohne Erstaunen dabei zu, wie die Müllhalde die Kleinen ganz langsam verschluckte. Sie versanken in der Erde und dem Müll wie in Treibsand. Als sie fast ganz bedeckt waren, war noch kurz eine Haarsträhne zu sehen. Dann verschwanden sie für immer und ewig im Müllmeer.

Als die Traktorfahrer kamen und die ersten Müllwagen sich in schnurgerader Reihe anstellten, war schon alles vorüber.

La Llorona weinte leise – kein Schrei, kein erstickter Laut entwich ihr – und sie ging hügelabwärts und erreichte, ohne dass es jemandem auffiel, den Rand der Müllhalde und verschwand dann auf Nimmerwiedersehen.

Mondolfo brachte Única nach Hause zurück. Binnen weniger Wochen waren sie um Jahre gealtert. Sie taten sich beide schwer beim Gehen. Única hüllte sich in undurchdringliches Schweigen. Mondolfo weinte leise in sich hinein.

Die Tage verrannen, in einem Stück, ununterscheidbar, gleichförmig, endlos. Única nahm nur noch Zuckerwasser zu sich, das Mondolfo ihr Löffel für Löffel einflößte.

»Stirb mir nicht auch noch weg, mein altes Mädchen!«

Er las für den Rest seines Lebens keine Zeitung mehr und erfuhr so nicht, dass die Einwohner von Río Azul die Frist, die sie mit der Regierung vereinbart hatten, verlängerten, um der neuen Müllhalde in Esparza noch Zeit zu geben.

»Iss doch was, schau her, Malangapüree!«

Er bekam nicht mit, dass die Müllhalde in Esparza nie gebaut werden würde.

Er erfuhr nicht, dass die echte Umweltverträglichkeitsstudie der Universität bewies, dass das Areal in Esparza kein Brachland war, wie es die Regierung behauptet hatte, sondern im Gegenteil der zentrale Punkt, an dem das salzhaltige Wasser des Mero-Feuchtgebiets, die Grundwasserschichten und das Wasser aus dem Entwässerungssystem der Quebrada Barbudal sich mischten.

»Sag etwas, mein altes Mädchen, irgendwas... Sag, dass es meine Schuld war...«

Aber Mondolfo war jetzt einerlei, ob die Regierung die Müllhalde zusperrte oder Gott das Universum.

Als ihre Vorräte aufgebraucht waren, ging Mondolfo wieder tauchen. Er tauchte den ganzen Vormittag über wie wild, doch als er nach Hause kam, war Única immer noch in ihrem Schneckenhaus. Also übernahm er das Reden und erzählte ihr von der Arbeit, den diversen Begebenheiten und Schattenseiten des Berufs ... ohne Antwort, ja gar ohne einen Blick, an den er ein wenig Hoffnung hätte knüpfen können.

»Única, du hast mich gerettet, aber jetzt lässt du nicht zu, dass ich dich rette. Es war alles gelogen ...«

So protestierte Mondolfo, erkannte jedoch nicht, dass er alles von ihr verlangen hätte können, nur nicht, die große Lüge aufzugeben, die sie zwanzig Jahre lang Tag für Tag konstruiert hatte, ihr Meisterwerk, das sie auf der Müllhalde errichtet hatte: ihre Familientradition, ihren Anstand, feste Essenszeiten und das Rosenkranzgebet am Karfreitag.

»Bei Gott, was für ein Irrsinn!«

Auf dem Herd Reste aufzuwärmen, nur um einen Haufen arme Leute sattzukriegen, die kaum mehr als ihren verfluchten Hunger dazu beitrugen.

»Zum Teufel, was für ein Irrsinn!«

Am fünfzehnten September den Unabhängigkeitstag zu feiern, als gäbe es in diesem Elend einen Unterschied zwischen Sklaverei und Unabhängigkeit.

Aber die Welt, die Única erschaffen hatte, war an jenem siebenten Tag eingestürzt, es war nichts von ihr übrig geblieben.

Mondolfo redete mit erstickter Stimme, mit einem heiseren Schluchzen, das ihn atemlos werden ließ, auf sie ein, und seine ganze Lebensgeschichte saß ihm wie ein Kloß im Hals. Währenddessen atmete Única nur noch aus Trägheit wie eine Marionette, die in ihrer eigenen Absurdität festhängt.

Plötzlich wurde die Tür aufgestoßen. Gleißendes Licht traf Mondolfos Pupillen. Don Retana war gekommen, der sich mit seinen fünfundachtzig Jahren, mitsamt seiner fürchterlichen Arthritis und seinem Bedauern darüber, jetzt erst von dem Unglück erfahren zu haben, zu Únicas Behausung geschleppt hatte. Er schwieg, als er hereinkam und zu Única ging, schwieg, als er sie ansah und schwieg auch, als er ihr ausdauernd über das Gesicht und die dünnen Haare strich und erkannte, dass die Marionettenfäden, mit denen sie sich all die Jahre am Leben festgebunden hatte, zerschnitten auf dem Boden lagen.

Er schwieg, als er sich neben Mondolfo setzte und ihm das Einzige anbot, das ein Mensch einem anderen anbieten kann: seine morsche Schulter. Mondolfo weinte an dieser Schulter und ließ alles heraus, was er an Schmerz noch in sich hatte.

———— * ————

Mondolfo Moya Garro fand, dass ihre Zeit auf der Müllhalde zu Ende war. Er kratzte die Familienersparnisse zusammen, lud alle Freunde ein und verkündete, dass sie nun von hier abhauen würden.

Die engsten Freunde der beiden Alten spendierten etwas für ihren Plan und Oso Carmuco schüttete Mondolfo den Rest der Kollekte aus seiner Zeit als Priester in die Hand.

Ihre Behausung überließen sie Don Retana. Das Klappbett sollte ihm schon bald einen viel würdevolleren Tod bescheren als die Kartons auf dem Boden.

Mondolfo packte ein paar Sachen ein, obwohl er überzeugt war, dass sie eher stören als helfen würden, denn er brachte es nicht übers Herz, sich von El Bacáns Lieblingsbuch und dem einen oder anderen Spielzeug zu trennen. Er nahm auch eine Tortilla-Pfanne, einen Kessel, ein paar zerschlissene Decken und die wenigen persönlichen Kleidungsstücke mit, die sie besaßen.

Oso Carmuco begleitete sie zum Busbahnhof, von dem Busse zur Küste fuhren, umarmte sie beide, gab Única einen Kuss und sagte mit erstickter Stimme, dass sie auch für ihn eine Mutter gewesen sei, und dann tanzte er auf dem Gehweg den Tanz der Giganta, um Mondolfo zum Lachen zu bringen. Der lächelte und winkte zum Abschied. Oso Carmuco tapste einem Tanzbär gleich die Straße hinunter, bis er für immer verschwand.

Eine lange Warteschlange ... angewiderte und misstrauische Blicke.

»Treten Sie bitte aus der Schlange!«

»Aber wir wollen nach Puntarenas, ans Meer! ...«

»Ach, in welches Hotel denn?«

Gelächter von den anderen ... angewiderte und misstrauische Blicke ...

»Treten Sie bitte aus der Schlange, sonst rufe ich die Polizei.«

Beim Wort »Polizei« fuhr Únicas geschrumpfte Gestalt zusammen. Und Mondolfo bemerkte, wie sich sein Zorn auf wundersame Weise in den Augen verflüssigte, er schluckte mit letzter Besonnenheit die Worte hinunter, die er dem Typen am Fahrkartenschalter, der eigens von seinem Platz aufgestanden war, nur um sie aus der Warteschlange zu werfen, gern ins Gesicht gespuckt hätte. Er legte den Arm um Única, und sie gingen.

Die Alten machten sich so langsam auf den Rückweg wie Leute, die genau wissen, dass es in dieser Welt nirgends mehr einen Platz für sie gibt und vielleicht auch nicht in der nächsten.

Sie gingen vom Busbahnhof bis zum Parque de la Merced und setzten sich dort auf eine steinerne Parkbank mit Blick auf die Avenida Segunda.

»Da sind wir schon, mein altes Mädchen, wie gefällt es dir in Puntarenas?«

Mondolfo machte es seiner Frau auf der Bank so bequem wie möglich. Er setzte sich neben sie, legte ihre Sachen auf den blanken Boden vor ihnen, und sie gaben sich ganz dem Blick aufs Meer hin.

»Du hörst doch gerne das Meer rauschen, Única!«

Ihr Ausdruck war unverändert. Da umfasste er mit beiden Händen ihr Gesicht und drehte es so, dass sie aufs Meer blickte, aber das Meer war ihr zu klein ... es hatte nicht die passende Größe für ihren Schmerz.

»Schau, die Boote, wie sie hin und her schaukeln!«

Es war Mittag. Weder aßen sie etwas, noch bewegten sie sich vom Park weg, in dem sie gestrandet waren. Sie aßen auch nichts zu Abend. Er brachte sie nur dazu, ein paar Schlucke Zuckerwasser aus einer mitgebrachten Flasche zu trinken. Dann trank auch er, ließ aber noch etwas für später übrig.

Bei Einbruch der Dämmerung wickelten sie sich in ihre Jutesäcke, und ehe sie sich versahen, war es Nacht. Mondolfo bemerkte erleichtert, dass Única zum ersten Mal seit Tagen die Augen schloss.

Inmitten der tosenden Auspuffe und brausenden Motoren jenes Meers, das die Avenida Segunda war, schliefen die beiden Alten erschöpft ein.

Früh, noch vor Sonnenaufgang, erwachte Mondolfo und fuhr dabei wie gewöhnlich erschrocken zusammen. Única hatte bereits die Augen aufgeschlagen, verriet aber durch nichts, ob sie geschlafen hatte oder nicht.

Mondolfo hob die Jutesäcke auf, legte das Bündel neben Única und ging los, um etwas fürs Frühstück zu suchen. Bald kehrte er mit ein paar Marmeladenbrötchen zurück. Única hatte sich wieder in ihr Schneckenhaus zurückgezogen.

Es gelang ihm, sie sozusagen Krümel für Krümel mit einem Brötchen zu füttern. Kaffee gab es an diesem Morgen nicht und auch sonst nie wieder.

Das Meer rollte wie von unsichtbaren Traktoren bewegt heran. Im Gegenlicht sahen die Möwen schwarz aus. Der Asphaltstrand wurde in Mondolfos nutzloser Beschreibung ein Sandstrand. Die Menschen, die man zwischen den Autowellen sah, erinnerten ihn an seine Freunde. Die Luft war frischer als auf der Müllhalde, aber das würde er nicht mehr bemerken.

Ihre Ersparnisse reichten maximal für eine Woche Marmeladenbrot.

Drei Tage blickten sie gemeinsam aufs Meer, erst dann wurde Mondolfo klar, dass sich an der Situation nichts ändern würde. Am Morgen des vierten Tages hatte er die Idee, eine Rose von einem Blumenstand auf dem Markt zu stehlen.

Nach dem dürftigen Frühstück drückte er Única die Rose in die Hand, führte sie an den Rand des Rinnsteins und brachte sie dazu, Blütenblatt für Blütenblatt auszureißen, ganz langsam, und eines nach dem anderen in die Wellen zu werfen, jedes Blatt erst dann, wenn das davor nicht mehr zu sehen war; bis nur noch der Blütenboden da war und sie auch den Stängel hineinwarf, der ebenfalls davontrieb und dem sie hinterherblickte, bis er im Schlund des Gullys verschwand.

Nach diesem Ritual ... zur Bank zurück, um aufs Meer zu blicken.

Als die Kasse leer war, war für Mondolfo die Stunde gekommen, wieder das Handwerk auszuüben, das er als Letztes in seinem Leben erlernt hatte. Er versuchte, es Única so bequem wie möglich zu machen, nahm eine Stofftasche mit und lief den Asphaltstrand auf und ab, um rund um den Markt und in den Straßen tauchen zu gehen ...

Am Ende des Arbeitstages kehrte er mit einer gefüllten Tasche zurück.

»Die Welt ist voller Müll.«

Auch auf dem Festland konnte man ohne Schwierigkeiten vom Tauchen leben. Das wirkliche Unglück war, mit ansehen zu müssen, wie Única sich in ihre Trauer zurückzog, wie abwesend sie war, wie sie nicht mitbekam, was um sie herum vorging. Nur einmal am Tag ließ sie sich von ihrem Platz aufhelfen, wenn sie morgens in dem gewohnten Ritual der Rose, die für sie immer dieselbe war, auch wenn jede Rose aus einem anderen Blumenladen stibitzt wurde, die Blütenblätter ausriss.

Das winzige Meer im Rinnstein nahm ihre Opfergabe entgegen, als wollte es mit jedem Blütenblatt Únicas Schmerz verschlucken, sicher, ihn aufnehmen zu können, so, wie es das gute alte Meer immer getan hat, seit die Menschheit den Schmerz erfunden hat. Mondolfo vertraute darauf, dass die Wellen ihm seine Única zurückgeben, ihre Seele aus Zellophan reparieren und irgendwann so etwas wie einen Blick in ihre Augen legen würden; darum erzählte er immer weiter und weiter, von den Schaumkronen und den Booten, den Fischern und den Sonnenuntergängen.

»Schau, Única, Pelikane in einer Reihe! Dort, zwischen den Palmen! Schau, wie die Leute im Wasser baden!«

An der östlichen Küste sah die Catedral de la Merced aus wie ein gestrandetes Schiff. An der westlichen Küste das Hospital San Juan de Dios wie ein Fischkutter …

Das Meer passte ganz in Mondolfo Moya Garros Mund, und er ließ es von dort zur Gänze in Únicas Ohren fließen …

»Da sind Möwen, mein altes Mädchen …«, und er zeigte mit zittriger Hand auf die Stadttauben, von denen es im Park nur so wimmelte.

Die Landschaft hatte sich die beiden Alten einverleibt. Als sie sich auf der Parkbank eingerichtet hatten, wurden sie zwischen den Abgasen, dem unermüdlichen Gehupe und der übrigen Allgemeinheit im Parque de la Merced, für die zwei mittellose alte Menschen mehr nicht ins Gewicht fielen, unsichtbar.

»Und wenn die Regenzeit kommt, was sollen wir dann nur tun?«

Flut von halb sieben Uhr morgens bis gegen neun, Hauptverkehrszeit, hunderte Autos, tausende Menschen aus allen Richtungen.

Ebbe um den späten Vormittag herum. Auf den Parkwegen alle möglichen informellen Geschäfte. Hin und wieder ein Polizistenpaar, das an den Alten vorbeikam und ihnen einen schiefen Blick zuwarf. Mondolfo wurde dabei jedes Mal unruhig; Única nahm ihre Umgebung schon nicht mehr wahr.

Mondolfo ging in den umliegenden Straßen tauchen, führte Selbstgespräche, lief, wenn er die Straßenseite wechselte, einfach zwischen den Autos hindurch, betrat ab und zu einen Laden, aus dem er postwendend hinausbefördert wurde, versuchte bei den Straßenhändlern anschreiben zu lassen, was ihm hin und wieder eine überreife Frucht einbrachte, sonst hob er sie vom Boden auf ... nun, er verdiente seinen Unterhalt und den seiner Gefährtin, jetzt aber ohne die Fragen und Zweifel von früher ... – Wieso? Wofür? – oder den Luxus existenzieller Ängste, den er sich erlaubt hatte, als er noch arm gewesen war, als er auf der Müllhalde noch ein Dach über dem Kopf gehabt hatte.

»Ach, Única, wie es hier nach Fisch riecht!«

Er wurde unter wüsten Beschimpfungen und Drohungen aus den Blumenläden geworfen und hob von da an jede Blume auf, die er zwischen den Marktabfällen finden konnte. Er tat es aus reiner Gewohnheit, nur aus Gewohnheit; und nicht, weil er noch die Hoffnung hatte, dass sich, wenn ein Blütenblatt auf den Wellen im Rinnstein aufschlug, doch plötzlich so etwas wie ein Lächeln auf Únicas Gesicht verirren würde ... oder wenigstens etwas, das dem nahekam, keine hohle Fröhlichkeit wie jene Mondolfos in den seltenen Augenblicken, in denen er sie ansah und schwören konnte, ein Fünkchen Lebendigkeit in ihrem Gesicht zu erkennen, ein flüchtiges Aufblitzen, das keinerlei Spuren hinterließ, sich gleich wieder verlor und am Strand ihrer Zahnprothese wie eine verschwommene Wolke verblasste.

San José, Costa Rica, am 21. November 2009

NACHWORT

Vor nun beinahe dreißig Jahren – im Jahr 1993 – erschien »Única mirando al mar« zunächst in einer Auflage von nur tausend Exemplaren. Ich erzähle darin in Romanform von einem Phänomen, das damals an die Öffentlichkeit gelangte. Die riesige Müllhalde der Gran Área Metropolitana drohte zusammenzubrechen, und es zeigte sich deutlich, wie wenig sich die costa-ricanischen Regierungen jahrzehntelang um das Müllproblem gekümmert hatten.

Bis das Thema der Politik schließlich um die Ohren flog: Zu Beginn der 1990er Jahre hatte sich ein buchstäblicher Müllberg angesammelt, der nun ein dicht besiedeltes Stadtgebiet gefährdete. Die Regierung wollte die Mülldeponie schließen und in eine ländlichere – dafür jedoch aberwitzig weit von der Stadt entfernte – Gegend verlegen. Das führte zu monatelangen Auseinandersetzungen der Regierenden mit den Einwohnern all jener Orte, die als neues Lager, als neue »ewige Ruhestätte« für die großen Müllmengen – täglich zwanzig Tonnen – infrage kamen. Es war ein Kräftemessen: Man einigte sich, Verträge wurden unterzeichnet, aber am Ende verlief alles im Sand. Nach diversen Zusammenstößen zwischen den Einwohnern und der Polizei, nach Streiks, Straßenblockaden und einer Schlammschlacht in der Presse gaben beide Seiten auf und das Müllproblem wurde in private Hände gelegt.

Inmitten der Aufregung um den Müll der Gran Área Metropolitana zeigte sich im sozialen Gefüge eine fragile, bisher weitgehend unbemerkte Gemeinschaft: die »Taucher«. Der Name beruhte auf ihrer Fähigkeit, in die Tiefen des Müllmeers vorzudringen: Menschen, die auf der Müllhalde und von der Müllhalde lebten, tagtäglich den Müll durchsuchten, um ihren Lebensunterhalt zu verdienen. Menschen, für die niemand auf der Welt die Stimme erhob und deren Stimme auch nicht gehört wurde. Menschen, denen jene riesige Müllhalde ein Zuhause war und die im wahrsten Sinne des Wortes vom Abfall der costa-ricanischen Gesellschaft lebten.

Um diese Menschen geht es in meinem Roman. Die Figuren sind fiktiv, aber der Kontext und die meisten Ereignisse, von denen erzählt wird, entsprechen der Realität.

Die Schließung der Müllhalde und die Suche nach einem neuen Standort stellten die costa-ricanische Gesellschaft ganz allgemein vor große Probleme. Und dann tauchten noch diese Menschen in den Nachrichtensendungen auf, die bisher nie jemandem aufgefallen waren. In den Reportagen und Berichten sah man sie unter freiem Himmel neben den Müllwagen darauf warten, dass diese ihre Ladung auskippten. Männer und Frauen, Kinder und Alte standen inmitten des wogenden Abfalls, den riesige Traktoren verschoben, wobei sie ständig drohten, die Menschen unter ihren Ketten zu begraben.

Wie lebt ein Mensch unter solchen Bedingungen? Was sind seine Gedanken? Was hält ihn am Leben, wenn er nur das zum Essen hat, was andere wegwerfen? Solcherart waren die Fragen, die ich mir stellte und die mich dazu brachten, diesen Roman zu schreiben. Denn auch wenn meine eigenen Lebensumstände weit von solchen dantesken Zuständen entfernt sind, bin ich doch zeitlebens davon überzeugt gewesen, dass im Grunde alle Menschen gleich sind, in welchen Zeiten oder unter welchen Umständen sie auch leben, und dass wir in der Lage sind, Mitgefühl zu empfinden und den Schmerz der anderen zu spüren, als wäre es unser eigener.

Das Müllproblem ist bis heute nicht gelöst. Für die Taucher war die Privatisierung ein besonders schwerer Schlag, weil die Firmen, die jetzt den Müll aufbereiten, ihn nicht mehr – wie auf der alten Müllhalde – unter freiem Himmel lagern. So bleibt ihnen der Zugang verwehrt. Das eigentliche Problem besteht allerdings darin, dass die diversen Regierungen diese Menschen, die im Müll nach Essen wühlen, noch immer ignorieren. So sieht man auch heute in den großen Städten Costa Ricas Taucher umherstreifen, die in den Straßen der einfachen oder auch gehobenen Wohnviertel im Müll nach Verwertbarem suchen. Einige leben nach wie vor auf Müllhalden unter freiem Himmel – weit entfernt von der Gran Área Metropolitana –, auf denen sich in kleinerem Rahmen die Geschichte der ehemaligen Müllhalde von Río Azul wiederholt.

Fernando Contreras Castro
17. 3. 2020
San José, Costa Rica

Fernando Contreras Castro (*1963) studierte an der Universidad de Costa Rica Philologie und schloss mit einem M.A. in Spanischer Literatur ab. Er wurde zweifach mit dem costa-ricanischen Nationalpreis Aquileo J. Echeverría in der Sparte Roman ausgezeichnet: 1995 für »Los Peor« (dt. »Der Mönch, das Kind und die Stadt«) und 2000 für »El tibio recinto de la oscuridad«. Contreras Castro gilt als Vertreter der costa-ricanischen Literatur der »Generation der Enttäuschung«. Heute ist er Professor für Literatur an der Fakultät für Allgemeine Studien der Universidad de Costa Rica.

Von Fernando Contreras Castro außerdem im MaroVerlag erschienen: »Der Mönch, das Kind und die Stadt« (übersetzt von Lutz Kliche)

Birgit Weilguny (*1980) übersetzt aus dem Spanischen und Katalanischen für Film, Bühne, Lyrikfestivals, Lesungen und Zeitschriften sowie Sachbücher und Romane und dolmetscht bei Kulturveranstaltungen. 2012–2014 unterrichtete sie am Zentrum für Translationswissenschaft der Universität Wien; 2016–2018 organisierte sie Lesungen für das Mexikanische Kulturinstitut in Wien. www.literatur-uebersetzen.wien

»Única mirando al mar« erschien im Original im Jahr 1993 und ist
Fernando Contreras Castros Debütroman. In Costa Rica ist der Roman
Schullektüre in der Sekundarstufe. Die deutsche Ausgabe folgt der
Fassung des Buches, das den Untertitel »Reciclada« (»recycelt«) trägt:
2010 schrieb Contreras Castro seine Originalfassung um,
straffte sie und überarbeitete das Ende.

Das Zitat »La montaña« von Carlos Salazar Herrera
(Übersetzung: Birgit Weilguny) stammt aus seinem Buch:
Cuentos de angustias y paisajes (1947)

Cultivo una rosa blanca ... (Versos sencillos XXXIX), siehe Seite 52
(Übersetzung: Birgit Weilguny), aus: José Martí: Versos sencillos (1891)

1. Auflage · April 2020
© 2020 by Fernando Contreras Castro und MaroVerlag, Augsburg

ISBN 978-3-87512-492-7

Die Übersetzung aus dem Spanischen wurde mit Mitteln des
Auswärtigen Amtes unterstützt durch Litprom e.V. –
Literaturen der Welt

*Dieses Werk wurde vermittelt durch Milena Sanabria Contreras.
Der Verlag dankt ihr herzlich.*

Gesetzt aus der Dolly
Gedruckt auf säurefreiem, alterungsbeständigen Werkdruckpapier

Umschlag: Yvonne Kuschel, yvonne-kuschel.de
Lektorat: Marie Kraja, Sarah Käsmayr
Druck: Memminger MedienCentrum
Bindung: Thomas Buchbinderei, Augsburg

Bibliographische Information der Deutschen Nationalbibliothek:
Die Deutsche Nationalbibliothek verzeichnet diese Publikation
in der Deutschen Nationalbibliographie; detaillierte bibliographische
Daten sind im Internet über http://dnb.d-nb.de abrufbar.